JN003801

アンナの土星

益田ミリ

角川文庫
22538

一

お兄ちゃんは、天体観測を生き甲斐《がい》にしている。小学生のころから宇宙ひとすじだ。駅から徒歩四十分（！）の、この家に引っ越しが決まったとき、ベランダから屋上《おくじょう》にのぼる階段がある、という理由で迷わず四畳半の部屋を選び、妹のわたしに南向き六畳の部屋を譲《ゆず》った男。お兄ちゃん。

引っ越してきた夜、お兄ちゃんは、早速、屋上に望遠鏡《ぼうえんきょう》を設置した。そして、弾《はず》んだ声でわたしを呼びに来たのだった。

「アン、月、よく見えるよ」

広い部屋を譲ってくれたお礼もかねて、わたしは天体観測につきあうことにした。

「わぁ、きれい！」

わたしは望遠鏡をのぞき、できるだけ大袈裟《おおげさ》に驚《おどろ》いてあげた。

家は小高い丘の上、というか、たんに不便な立地にあるのだけれど、そのせいで見晴らしはよく、夜空の観測には適しているみたいだった。月は、お兄ちゃんの屋上をやさしく照らしていた。

お兄ちゃんは言った。

「アン、地球の衛星《えいせい》は月がひとつだけだけど、木星の衛星は六十個以上あるんだよ。木星から空を見上げたとしたら、いくつも月が見えて、おかしな夜空の日もあるんだろうなぁ」

宇宙の話をするお兄ちゃんの声は、揚《あ》げたてのドーナツみたいに、いつもふわふわと軽やかだった。

引っ越しをする前までは、ずっと団地に住んでいたのだけれど、お母さんは、お兄ちゃんが中学生になったとたん、家での天体観測を禁止した。窓から望遠鏡など突き出していたら、お向かいの団地を「のぞき見」していると思われる、というのが理由だった。バカバカしいとお父さんは笑ったが、お母さんの本気っぷりにひるんで、結局、お兄ちゃんを援護《えんご》できなかったのである。

わたしは、まだそのとき小さかったから、この出来事をよく理解できていなかったのだけれど、大人の事情など少しずつわかってくるもの。二〇〇八年。わたしだって、もう十四歳なのだ。時空《じくう》の違ういろんなことがらを一本につなげられるくらいには成長しているのだ。

もともとは、お父さんがプラネタリウム好きで、よくお兄ちゃんとわたしを連れて行ってくれたのである。わたしはプラネタリウムの帰りに、カフェでアイスクリームを食べられるのが楽しみでふたりにくっついて行ったのだけれど、お兄ちゃんはアイスクリームが溶けるのもかまわず、毎回、お父さんと星の話に夢中になっていた。

そして、いつの間にか、お兄ちゃんはお父さんよりも星にくわしくなり、今では大学で宇宙の勉強をしている。

そんなわけで、お兄ちゃんは、ダサい。

宇宙以外のことには興味がないから、ファッションなんか、ぜんぜん気にしていない。

食べることにも無頓着《むとんちゃく》で、出された料理をなんでもぺろりと完食《かんしょく》している。

「アンは文句が多いのよ、お兄ちゃんを見てみなさい、ほら、文句なんか言ってないじゃない」

そのせいで、わたしはお母さんにわがまま扱いされている。

お母さんは、料理をするのが好きなのだ。だけど、どんな料理を作っても、でき上がったものはパッとしない。結局は、ゆで時間の適当さとか、いい加減な野菜の切り方であるとか、そういうところなのだと思う。

おばあちゃんの家で飲む味噌汁《みそしる》をすごくおいしいと感じるのは、きざんだネギの均等《きんとう》な細かさなども関係しているのではないか？

お母さんのきざむネギは、根元のほうは比較的《ひかくてき》、細かいけれど、先にいくほどザクザクと長いまんま。おおざっぱなのだ。それは、お母さんが作るすべての料理に共通していた。

しかし、お兄ちゃんにとっては、そんなことはどうでもいいようだった。

今日、この話を学校でみずほにしたら、

「でも、好きな人くらいいるんじゃない？」

と、みずほは言った。

お弁当を食べ終えた昼休みの教室で、わたしは「お母さんの料理」について語っていたのだけれど、みずほは「お兄ちゃん」に反応していた。

「でも、うちのお兄ちゃんって、星とか宇宙にしか興味ない人だし」

わたしは反論した。

「そんなことない。アンナのお兄ちゃんだって、好きな人くらいいるって」

「ホント、そういうタイプじゃないから」

「お兄ちゃん、メールとかする人？」

「お母さんにご飯いらないとか、そういうことはメールしてるみたいだけど」

「絵文字とか使って彼女にメールしてるかも」

「まさか！」

わたしの声は裏返った。みずほは言った。

「だって、うちの小六の弟にだって彼女いるんだよ。この前メール見たら、結構、大人みたいなセリフでびっくりした」

「勝手に見たの？　メール」

「別に見ようと思って見たんじゃないよ。たまたまテーブルに置きっぱなしになってたから、まぁ、ちょっとチラッとね」

みずほはバツが悪そうに笑った。真新《まあたら》しい夏の風が窓から吹き込み、みずほの前髪がなびいていた。

「それで？　どんなメールだったの？」

「ほかの男としゃべるのやめろとか、案外、独占欲《どくせんよく》強いって感じで、へぇって思った。

男女のことって、身内にはわかんないものなんだよ」

みょうにおばさんっぽい口調でみずほが言った。

「でも、お兄ちゃんは、好きな人なんかいないと思う、たぶん」

「じゃあさ、今日の夜、お兄ちゃんがお風呂入ってるときにでも携帯《けいたい》のメール見てみたら？　アンナの知らないお兄ちゃんが、そこにはいるかもよ」


その夜。

英語の宿題をするために開いたノートは、三十分前とまったく変わらないまま机の上に張り付いていた。

コロコロ付きの椅子《いす》の上で、わたしは膝《ひざ》を抱《かか》えた。背もたれがぎゅんぎゅんときしむ。小学四年のときから背中を受け止めつづけているこの椅子は、わたしのことを理解しようとしてくれている気がする。少なくとも中学校の教室の椅子なんかより。

あと十分したら宿題を開始しよう。だから、あと十分はぼんやりしてもいいのだと天井を見上げた。

数日前から部屋に小さなクモが一匹いるのだった。今夜は照明の近くでじっとしていた。六畳のこの部屋の天井は、クモにとって東京ドーム何個ぶんの広さなのかなと思った。そして、東京ドームがなかったころ、大人たちは、なにを何個ぶんにしていたのか知りたかった。そもそもわたしは、東京ドームを実際に見たことがなかった。

昼休みにみずほが言ったことを思い出す。

「好きな人くらいいるんじゃない？」

いや、いないと思う。

お兄ちゃんが恋をするなんて、どうしても想像しにくかった。

抱え込んでいた両足をほどいて机を蹴飛《けと》ばすと、椅子は一回転半した。惜《お》しかった。ぴったり一回転、もしくは二回転だったらもとの位置なのだ。いったん正面に向き直り、力を入れて再び机を蹴飛ばす。またぴったり正面には戻れなかった。もう一度、もう一度と繰り返しているうちに、わたしの頭の中までぐるんぐるん回転しはじめた。まるで無重力の世界を浮遊《ふゆう》しているみたいに。

無重力、すなわち、宇宙！

そうなのだ。わたしのお兄ちゃんが恋をしているのだとしたら、その相手は「宇宙」なのである。

「アン、ドタバタしないでちょうだい！　お風呂、早く入って」

下界からお母さんの怒った声が聞こえた。子ども用の回転椅子くらいで騒音《そうおん》になる家のために、お父さんは今夜も残業なのだろう。

お父さんは、三十五年ローンでこの家を買った。木造三階建て。庭はなく、おまけに収納もない。狭い敷地《しきち》にまったく同じデザインの家が八戸ギュウギュウに並んでいるのを見ると、宇宙は想像以上に狭いんじゃないかと思った。

遠い未来も、ここで暮らすことがわかっているお父さんとお母さん。

つまらなくない？

と聞くのは、いくら血がつながっているとはいえ、失礼だということくらいはわかる。

お母さんは、自分の友達を家に呼びたくて仕方がないのだった。それは、キッチンの隅《すみ》にある料理本から簡単に想像ができた。「おもてなし」とか「ホームパーティ」など、やたら洗いものが多くなりそうなタイトルの本ばかりが並んでいる。家に人を招くというのに、完全によそいきなのだった。

今日だってそうだ。玄関で靴《くつ》を脱いでいると、普段よりうんと高いお母さんの声。

「アン、おかえり〜」

リビングに顔を出すと、お母さんのパート仲間の木下さんと、渡辺さんがにここ笑っていた。

「今日はずいぶん早いじゃないの、アン」

お母さんは、猫なで声で言った。

「部活、休みだったから」

「あら、そうなの。ねぇ、アンも、たまにはこっちで一緒にお紅茶しない？」

紅茶に「お」をのっけて言葉を飾りたてていた。「お」が迷惑そうな顔をしている気がした。

だいたい、どうしてわたしが、お母さんの友達、というかおばさんたちに交じってお茶をするのだ？

「いい、塾の宿題あるから」

「そお？　じゃ、あとでいらっしゃいね、アップルパイいただいたのよ」

うん、と返事をして階段を上がろうとしたとき、お母さんが、おばさんたちにささやいている声を聞き逃さなかった。

「最近、あの子も難しくって。ほら、やっぱり十四歳だから」

お母さんは十四歳という年齢が、子どものもっとも面倒な時期だと信じていて、「十四歳」と名のつく本があればこっそり読んでいるのを知っている。

ちなみに、「おもてなし」や「ホームパーティ」の本は買うくせに、十四歳関連は図書館の借り物なのだった。

なにかというと、年齢のせいみたいに言われるのが気にくわない。

わたしが正当な理由、たとえば、勝手に人の部屋を掃除《そうじ》しないで欲しいとか、わたしの下着をリビングにたたんだままにするのはやめてとか、何度怒ってみても、ぜんぶ難しい年頃で片づけてしまう。

お母さんは、すっかり忘れてしまっているのだ。自分が十四歳だったころのことを。

「あら、失礼ね、覚えているわよ」

なんて、涼しい顔をしているけれど、お母さんが覚えているのはイベントなのだ。遠足で富士山に登ったのは確かに十四歳かもしれないけれど、それは写真のようにつるりとした記憶に違いなかった。

お母さんの友達が家に遊びに来ている日、わたしは自分の靴を玄関できちんと揃《そろ》えて脱いであげている。そういうことに自ら気づいたとき、お母さんは、お母さんとして一皮《ひとかわ》むけるのではないかと思う。

とにかく、お母さんはわたしのことをわかってはいないし、引っ越して三年もたつのにまだマイホームに浮かれていた。

だけど……。

浮かれているといえば、本当の、本当に、この家に浮かれているのはお兄ちゃんだ、とわたしは思っている。

狙《ねら》っている物件のひとつに、屋上付きの家があると聞いてから、お兄ちゃんは急に引っ越し賛成派にまわったのだ。元々はわたしは自分の部屋ができるのは嬉しいけど、友達と離《はな》れるのは嫌だと主張。お兄ちゃんは歩いていける距離《きょり》の高校に通っていたから、できれば卒業するまでは……と、訴《うった》えていた。わたしたち兄妹は、共に引っ越し反対でタッグを組んでいたはずなのに、「屋上」というキーワードに、お兄ちゃんはいとも簡単に寝返ったのだ。

星のせいだ。

いや、月のせいか？

どっちでもいい、とにかくそれは宇宙のせいだった。

お風呂あがり、冷蔵庫の前で牛乳をイッキ飲みする。あと三センチ身長を伸ばすのがわたしの目標だった。でも、バスケ部の「暗黙《あんもく》の部活ルール」で髪は伸ばせない。

身長は自由にならないけれど、わたしの髪は伸びるのだ。たとえ一部分であっても、自分のからだを制限されるのが気に食わなかった。髪も、爪も。わたしだけに与えると約束されていたものを、横取りされるような気分だった。

お父さんは十一時を過ぎても、まだ帰ってきていない。今夜も残業みたいだ。一時間半の電車通勤は行きも帰りもたいてい座れないと言っていた。車は、週末に国道沿いの大型スーパーに行くときくらいしか出番がなかった。なのに、その車は、我が家の一階の大半に平然と陣取《じんど》っている。お父さんが、あと三十数年払う家のローンの五分の一、いや四分の一は、車の寝床料《ねどこりょう》なのだ。

お母さんはテレビを見ながら、リビングでアイロンがけをしていた。脇《わき》に肌色のストッキングと裁縫《さいほう》道具があるのを見ると、おそらく、この後、やぶれたストッキングの修復作業に入るのだろう。マイホームを手に入れても、ローンがつづく限り、お母さんの節約も、午前中のファミレスのパートもつづくのだ。

「お父さんが死んでも、この家のローンは大丈夫だからな」

家族四人で引っ越し蕎麦《そば》を食べているときにお父さんがそんなことを言い、縁起《えんぎ》でもないとお母さんに叱《しか》られていた。お父さんが死んだらローンがチャラになる保険に入っているのだと、後になってお兄ちゃんが教えてくれた。

そんなの、お父さんがかわいそう。だって、自分が死んじゃった後に、わたしたちだけ得して。わたしが同情していると、お兄ちゃんは言った。

「得とか、損とか、そういうんじゃないと思うよ」

お兄ちゃんは、いつも静かだ。

昔、お母さんが、お兄ちゃんの「宇宙ノート」を、間違って捨ててしまったときも、すねてはいたけれど、カッとなったりはしなかった。

ちなみに「宇宙ノート」とは、雑誌や新聞に載《の》っていた宇宙関連の記事を切り抜いてスクラップしているノートで、今ではたぶん百冊以上にはなっているんじゃないかと思う。いや、千冊かもしれない……。

「アン、早く寝なさい。明日寝坊するわよ」

ストッキングの修復作業に突入しようとしているお母さんが、こちらを振り向きもせずに言う。

わたしの先回りをする「仕掛け」が、お母さんにはセットされているのではないか？

「わかってるって！」

わたしは、たぶん、本日最後の「わかってるって！」をお母さんの背中に投げて、三階の自分の部屋に上がった。仲良しの友達と離れるのは淋《さび》しかったけれど、自分の部屋ができたのはやっぱりいいものだ。

そして、薄《うす》い壁を隔《へだ》てた隣《となり》には、宇宙オタク、お兄ちゃんの部屋がある。

静かだ。

もう寝たんだろうか。ひょっとしたら、彼女にメールしていたりして……。


前に、お兄ちゃんを訪ねて二人の女の人がやって来たことがあった。

大学の同級生らしく、わたしが友達の誕生日パーティから帰ると、お母さんはキッチンでひとりオロオロしていた。その日は日曜で、お父さんはちょうどゴルフの打ちっぱなしで留守だった。

「どうしよう、アン。お兄ちゃんに、女の子のお友達来てる」

お母さんは完全に動転していた。そういうわたしも、思わず「うそ⁉」と大きな声を出してしまった。

「アン、ちょっと、急いでケーキ買って来てくれない？」

いつもなら、お母さんのおつかいは「おこづかい」無しではやらないのだけれど、ここはお兄ちゃんの一大事。わたしはコートを羽織《はお》るのも忘れ、自転車を飛ばして駅前のケーキ屋に向かったのだ。

家に戻ると、お母さんがティーバッグではなく、茶葉を使って紅茶をいれているところだった。何かのお返しでもらったとき、「こういう紅茶、家では飲まないわよねぇ」と、ぶつくさ言っていたやつだ。缶にはアールグレイと印刷されていた。

「ね、わたしが持って行っていい？」

と聞いた瞬間《しゅんかん》、お母さんは「えっ」という顔をした。お母さんも、お兄ちゃんの部屋の様子を知りたかったのだ。結局、お母さんが紅茶、わたしがケーキを持って行くことになった。

お兄ちゃんの部屋に入ると、誰もいなかった。屋上《おくじょう》にいるようだ。わたしが呼びに行くと、そこには並んだ三人の背中があった。寒空《さむぞら》の下、みんなコートを着込んで。背の高いお兄ちゃんだけが、夕日の中でひょろりとして見えた。

屋上からお兄ちゃんの部屋に降りてきた女の人たちに、「あの、よろしかったらケーキどうぞ」と、お母さんは情けないくらい緊張《きんちょう》した声で言った。

「あ、どうも、すみません、ありがとうございます」

女の人たちは、にこにこと頭を下げた。ふたりとも地味めだけど、とても感じが良かった。

お兄ちゃんたちは、空を見ていたのだった。

「何か見えたんですか？」

お母さんが声をかけると、髪の長いほっそりした人のほうが、澄《す》んだ声でこう答えた。

「スイセイガトウホウサイダイリカクナノデ」

お母さんもわたしも、その人が何を言っているのかまったくわからなかったが、これ以上、お兄ちゃんの部屋にいては邪魔《じゃま》だと判断し、そそくさと退散した。

女の人たちが帰った後で、お兄ちゃんが説明してくれた。

水星が東方最大離角なので。

と、さっきの髪の長い人は言ったのだ。

「アン、水星って知ってるだろう？」

「太陽に一番近いやつでしょ」

「そう、その太陽に一番近いゆえに、いつもはなかなか観測することができないんだ。太陽の光がまぶしいせいでね。でも、今日は水星が見えるチャンスだったんだよ」

「どうして？」

わたしは聞いた。

「水星が太陽から離れる日、っていうのかな。軌道《きどう》上、そういう日があって、夕方の、西の空に水星が見えやすくなるんだ。去年も屋上からよく見えて、それを大学の友達に言ったら、見に来たいって」

「見えたの？」

「うん」

水星を見るのは、お兄ちゃんの心を弾《はず》ませることのようだった。

お母さんは、「一樹《かずき》に恋人とかできるのかしら？」などと、いつもお父さんに向かってため息をついているわりに、お兄ちゃんの女友達が遊びに来た後、しばらくしゅんとしていた。

わたしは、お母さんの気持ちが少しわかる気がした。お兄ちゃんは宇宙オタクでダサいけれど、すごくやさしい。それを知っているのが、わたしたちだけじゃないことが、嬉しくもあり、ほんの少し淋しかったのだ。なんだか、お兄ちゃんを取られたみたいな気持ち。

というより、彼女たちのほうが「宇宙好き」という点で、お兄ちゃんにとっては特別な存在なのかもしれない。

お兄ちゃんは緊張《きんちょう》しているふうでもなく、ごくごく自然に女の人と会話をしていた。

だけど、ふたりのどちらも、彼女という感じはしなかった。

もうすぐ午前〇時。

どうしよう、お兄ちゃんの携帯メール。別にわざわざ確かめなくてもいいことなのに、みずほに「今日の夜、お兄ちゃんがお風呂入ってるときにでも携帯のメール見てみたら？」と言われて、なんだか、決行しなくてはいけないような気になっていた。

お兄ちゃんの部屋の前まで来たものの、みょうにドキドキしてしまう。

コッコッと小さい音でノックしてみた。ドアの隙間《すきま》から電気がもれているから、まだ起きているはずだ。

「どうした？」

ぬっと顔を出したお兄ちゃんは、いつもどおり、やわらかな物腰《ものごし》だった。

「お兄ちゃん、お風呂、もう入った？」

「まだだけど、なんで？」

「あの、ほら、さっきちょうどいいお湯加減《かげん》だったから」

「もう少ししたら入るよ。ありがとう」

お兄ちゃんの部屋は、宇宙に関係する資料や本でうまっている。壁《かべ》には大きな時計がふたつ並べて掛けてあり、秒針までぴったりと揃《そろ》っていた。お兄ちゃんいわく、星の観測は、時間がすごく大切だからとのこと。

「今夜は満月だから、月を見ようと思ってたんだ、アンもちょっと見てみるか？」

「うん」

ベランダにはサンダルが三足並んでいた。ひとつはお兄ちゃんがいつも使っているもので、あとのふたつは、ふたりの女友達がここに来たあのときに用意されたものなのだ、と、今、気づいた。

お兄ちゃんが、買って来たのだ。おそらく、駅前のスーパーの二階か、商店街の靴《くつ》屋か。お兄ちゃんは、案外、女の人にモテなくもないのではないかと思った。

「結局のところ、心根のやさしい人が一番なのよ」

団地に住んでいたころ、近所のお姉さんが言っていた。そういえば、結婚相手は、お姉さんの昔の彼氏とは比べものにならないほど地味な人だった。

屋上には、すでに望遠鏡の準備がしてあった。雲もなく、月は肉眼でもよく見えた。

「アン、ちょっと待ってて」

お兄ちゃんは、慣《な》れた手つきで望遠鏡を調整しはじめた。そのなめらかな動作をきれいだと思った。

「いいよ、のぞいてごらん」

そこにはコンパスでくるりと描いたような、まんまるの月があった。

「教育実習に行った先輩が言うには、満月を見たことがないって子どもがいっぱいいたんだって。アン、信じられるか？」

お兄ちゃんは、ジーンズのポケットに両手を入れ、月を見上げている。満足そうだ。だけど悲しいかな、そのジーンズはリーバイスなどではなく、お母さんが買ってきたヘンなブランドのだ。足が長いお兄ちゃんには、やや寸足《すんた》らずなのが悲しかった。

足下には蚊《か》取《と》り線香がもくもくとたかれていて、遠くの駅前のネオンがほんの少し光っていた。風はないのに、どこかから夏の匂《にお》いが運ばれてくる。

「月って、本当にまんまるなんだね。満月だとよくわかる」

わたしは言った。

「重たい天体って丸いんだよ」

お兄ちゃんは言った。

重たい天体は丸い？

ってことは、軽い天体はどんなかたちなんだろう？

ちょっと知りたいような気がしたけれど、質問をすると長くなるのはわかっているので、今日は聞かない方向で。

と思いつつ、何か軽めの質問くらいはしないと悪いかなとサービスした。

「ね、お兄ちゃんが一番好きな星ってなに？」

「やっぱり土星かな」

やっぱりって。

「あの環《わ》っかが付いてるやつ？」

「そう、あの、環っかがいいんだ、土星は」

そうなんだ。

「でも、環っかが消えることもあるんだ」

「えっ？」

「正確には消えないんだけど、そうだなぁ、簡単に言うと、地球から見る角度によって、あの環っかが見えづらくなるっていうのかなぁ。土星の公転のせいで、地球から見たら環がちょうど平行になって、それで見えづらくなるんだよ」

「へーぇ」

「面白いだろう？　本当はあるのに見る角度によっては見えなくなるんだ」

「ふーん」

「でも、そういうことが起こるのってめったにないんだ。前回は、俺、まだ小さかったから知らなかったし。でも、やっともうすぐ、見られる」

「楽しみ？」

「うん。人生でそんなにチャンスがあるわけじゃないから。大体十五年に一度だからね」

お兄ちゃんは、小さく何度もうなずいた。

「そういえば、火星の夕焼けは青いって、前にお兄ちゃん言ってたよね。それも肉眼で見てみたい？」

「もちろん、見たいよ」

「じゃあ、じゃあ、火星の夕焼けを見られるんだけど、でもそうしたら寿命が五年縮《ちぢ》まる、って言われたらどうする？　見る？」

「見ない」

お兄ちゃんは即答《そくとう》した。意外だった。

「なぁ、アン。宇宙がはじまって百三十七億年って言われているんだけどね、一度だって同じ夜空だったことなんかないんだ。今、見上げている空と、明日の空は違うし、明日の空と、あさっての空も違う。毎日毎日あたらしい空だって思うと、一回の火星の夕焼けより、地球からの空をできるだけ長く見られるほうを、俺は選ぶよ」

わたしは、ふと、この瞬間《しゅんかん》、お兄ちゃんを守ってあげたいと、年下ながらに思ってしまった。この人が、ずーっと夜空を見られますようにと、なにか大きなものに祈りたい気持ち。

お父さんもお母さんも、もしかしたらこんな気持ちなのだろうか。

ふたりとも、わたしを心配するのとは違う次元《じげん》で、お兄ちゃんを想っている気がする。お兄ちゃんは、一本しかない道を歩いて行けるように。わたしのことは、たぶん、選ぶ道を誤《あやま》らないように……。

「お兄ちゃん、わたし、そろそろ寝るよ」

「うん」

みずほ、やっぱり、わたしのお兄ちゃんは、恋なんかしていないと思う。彼女にメールだなんて、考えられないよ。

あの人の心は、水星や、満月や、土星の環《わ》っかで溢《あふ》れそうになっている。少なくとも、まだ、今のところ。

それに、お兄ちゃんの机に置いてあった携帯を見ると、盗《ぬす》み見する気がすっかりなくなってしまった。

その携帯には、わたしがプレゼントしたストラップがついていた。たまたま雑貨屋でおもちゃの望遠鏡のストラップを見つけて買って帰ったら、お兄ちゃんはすごく喜んでいた。いつもポケットに携帯をいれているから望遠鏡の塗装《とそう》はすっかりはげてしまっているのだけれど、まだ大事にぶら下げてくれていたのである。

だから、メールなど見てはいけないと思った。

そう思ったのだった。

二

「なぁ、アン、冥王星《めいおうせい》のことなんだけど」

世の中のお兄ちゃんと呼ばれる人々が、妹に「おはよう」と言うよりも前にこんなセリフは言わない、ということを、わたしのお兄ちゃんは知らないようである。

「冥王星って、仲間はずれになった星でしょ」

慣《な》れっこになっているわたしは、まだねむい目をこすりながら、朝食の準備ができているテーブルについた。

夏休みは、部活と、塾と、みずほとふたりでドーナツを食べることで終わってしまった。冬休みは途方《とほう》もなく遠い、宇宙の彼方《かなた》にある気がした。

今朝のお兄ちゃんは、水色のギンガムチェックの半袖《はんそで》シャツを着ていた。それは、先週、お母さんとふたりで買い物に行ったときに、わたしが見立てたものだった。お母さんが買ってくるお兄ちゃんの服には、たいてい「余計なもの」がついていて、それがお兄ちゃんのダサさを強調している、と力説し、ショッピングモールの中の無印良品に連れて行ったのである。ちなみに「余計なもの」とは、二の腕《うで》あたりにアメ玉一個しか入らないほどの変なポケットが付いているトレーナーだとか、襟《えり》が妙《みよう》に尖《とが》って長いシャツだとか、そういうやつだ。国語の授業で「蛇足《だそく》」ということばの意味を知ったとき、わたしは真っ先に、お母さんが買ってくるお兄ちゃんの服を思い浮かべたのだった。

しかし、今朝のお兄ちゃんは、わたしが選んだ無印良品のシンプルなシャツのおかげですっきりしていた。

一番上のボタンまでとめなくてもいいんじゃない？

アドバイスしようか迷ったけど、やめた。一番上のボタンまでとめていないお兄ちゃんを、見たことがないと気づいたからだった。

最近、うちは玄米《げんまい》ご飯だ。健康番組で紹介されていたことにお母さんが反応したのである。だけど、水加減が日によってまちまちで、昨日はパサパサしていたけれど、今朝のご飯は少しべちゃっとしていた。おいしさのための追求はされず、買った時点で我が家の玄米は完結してしまっていた。

「アン、早く食べないと遅刻《ちこく》するわよ」

お母さんに仕掛けられている「先回り音声」がベランダから聞こえた。洗濯物《せんたくもの》をパンパンパンとたたいてシワをとる音が、その後を追って響《ひび》いてきた。バスタオルの向こうから下半身だけが見えている。

「お母さん、ご飯、べちゃべちゃしててまずい」

「なあに、聞こえない」

「ご飯、まずいって！」

「もう、アンは文句ばっかりなんだから。玄米、いいのよ、からだに」

お父さんは、朝はパンだし、夜は会社の残業弁当で、もちろんお兄ちゃんはなんの文句も言わない。わたしの玄米の苦情は、聞き入れられないままなのだろう。

朝食。

べちゃべちゃ玄米ご飯、ワカメの味噌汁《みそしる》、目玉焼き、トマトサラダ。

あとなんだっけ、冥王星《めいおうせい》の話だったっけ？

水金地火木土天海。

太陽系から仲間はずれにされてしまった冥王星。授業でも先生が言っていた。冥王星だけが他の八個の惑星《わくせい》とはなにかが違うとかなんとか。

お兄ちゃんは、やっぱり冥王星も好きなのだろう。食後の梨《なし》を食べつつ、孤独《こどく》な冥王星に想いを寄せているようだ。

「冥王星が太陽系の第九惑星じゃなくなったことは、惑星の定義《ていぎ》を考えれば仕方ないって思うんだ。それに、観測技術が向上して、冥王星ぐらいの大きさの星が見つかってきているってことだから、喜ばしいことだと言えなくもない。だけど、アン。俺は、準惑星になった冥王星のことが、やっぱり気の毒《どく》でもあるんだよ」

お兄ちゃんは悲しそうに言った。

「格下《かくさ》げになったから？」

「そう。急に仲間はずれにして悪かったっていうか」

「でもさ、お兄ちゃん」

「うん？」

「別に冥王星はなんとも思ってないんじゃない？　星なんだから」

昨日から二学期がはじまったばかりなので、まだ、からだが朝に対応できない。固焼きの目玉焼きをつっつき、テレビの星占いコーナーをぼんやりとながめた。双子座のわたしのラッキーカラーはオレンジ色だそうだ。

しばらくしてお兄ちゃんは大学に行き、朝食を済ませたわたしは洗面所で苦戦する。

「この暑い中、ドライヤーなんてごくろうなこと」

廊下《ろうか》をふき掃除《そうじ》しているお母さんに何を言われても、ヘアスタイルだけは妥協《だきょう》できない。変な髪型で教室に入っていくという無駄《むだ》な勇気は使いたくなかった。

お弁当箱を包むバンダナの色で、今日のラッキーカラーはおさえた。先輩《せんぱい》の目が怖いので、制服のスカート丈《たけ》は許される範囲《はんい》内で短め。来年、三年生になったらあとちょっとだけ短くするつもりだ。

でも、そうしたら、お父さんはどうするだろう？

前に、わたしが制服のままリビングのソファでプリンを食べていたときに、お父さんはわたしの太ももをチラッと見た。絶対、見た。読んでいる新聞をめくるときに、チラッと。ああいうのを条件反射というのだろうか？

学校の中にも、太ももや胸元に視線を動かしてしまう男の先生がいる。それは、ほんの一瞬の瞳《ひとみ》の揺《ゆ》れ。わたしたちが見逃すわけがないのに、バレていないと思っている。

わたしたちは、大人の男の人たちの「チラッ」を目撃《もくげき》したいのだと思う。それを確認して、そんなに見たいの？　って、大人を笑いたい意地悪な気持ち。あとは、若さを見せびらかしたい気持ち。入《い》り交《ま》じっている。でもチラッと見られるのは、やっぱり不愉快なのだった。

お兄ちゃんからの「チラッ」は、一度も察知《さっち》したことがない。

たぶん、そんなことはしないと思う。なにせ、あの人の今朝の第一声は、「なぁ、アン、冥王星のことなんだけど」なのだから……。


中学校は、空気が薄《うす》い気がする。まるで、カラのペットボトルにみんなでつめ込まれて、きゅっとフタを閉められたみたいに。

そして、わたしたちは、密封《みっぷう》されたペットボトルの中で細分化《さいぶんか》されている。強いグループがいて、弱いグループがいて、強いグループの中にもさらに強い人や弱い人がいて、弱いグループの中にもリーダーがいたりする。

今のクラスは、女子のグループがひとつひとつ小さめだ。ふたり組、三人組がいくつかあって、四人グループがひとつ。あと、いつもひとりでいる子がふたり。

「その子たちがペアになれば円満なのに」

そう言った保護者がいたらしいが、それは、完全にわたしたちをバカにした考え方だった。

わたしは、いつもみずほと一緒だった。

「アンナがいなかったらどうなってたか」

みずほは言うけれど、わたしだってみずほがいてくれて良かったと心の底から思う。

だけど、それだけではダメなのだった。みずほが学校を休んだときの保険として、マリとリリカのふたり組とは暗黙《あんもく》の協定を結んでいる。みずほがいないとき、わたしはこのチームに一日入隊し、休み時間もお弁当の時間も一緒にいさせてもらうのだ。わたしが休めばみずほも同じようにしているし、マリとリリカのどちらかが休むようなことがあれば、わたしとみずほのところに入れてあげる。ひとりでも平気というには、中学校の一日は、あまりにも長すぎる。

だけど、だからといって四人チームにはならないのである。やっぱり、なにか違うのだ。

「なぁ、アン。俺たちの銀河系以外の銀河系のことを考えるとわくわくしないか？」

前にお兄ちゃんが、言っていたことを思い出す。あのとき、意味がわからなくて、わたしは聞き返したのだった。

「銀河系以外の銀河系？」

「そう。ひとつくらい、地球と似た星が存在するかもしれないよ」

「ほかの銀河系ってどういうこと？」

「アン、銀河系ってひとつじゃないんだ。宇宙にはたくさんの銀河があって、俺たちの銀河系もその中のひとつにすぎないんだよ」

「たくさん、あるの？」

「そうさ。銀河数十個でできている局所銀河群っていうのがあって、その中の一つが天の川銀河で、その中に、俺たちの太陽系が含まれていて、その太陽系の惑星《わくせい》のひとつが地球なんだ」

「なんだか、たくさんあるってことだけはわかるけど……」

わたしの頭はこんがらがっていた。

「うーん、そうだなぁ。たとえば、俺たちひとりひとりを惑星に例えると、俺たち家族、すなわち小倉家が太陽系。俺たちの住んでいる市が天の川銀河で、局所銀河群っていうのが東京都ってことだよ。わかるかい？」

「うん。たぶん」

わたしはちょっとだけ、わかったような気がした。

「わたしたちの銀河は天の川銀河で、局所銀河群の中の銀河系の数は数十個で、その数十個の銀河系のひとつに太陽系がある、ってことだね？」

「そうだよ。だけど、アン。宇宙には、天の川銀河以外にもたくさんの銀河があるんだ」

「銀河って、ほかにもまだあるの？」

「そうさ。近くにあるおとめ座銀河団は、三千個以上の銀河でできているんだ」

「ふぅ」

わたしは、宇宙にある星の数を思ってためいきをついた。

「それに、俺たちにとっては太陽ってすごいものだけど、天の川銀河の中じゃ、太陽ってそれほど中心にある星でもないんだよ。どちらかといえば、隅《すみ》っこのほうなんだ」

「隅っこって、いなかってこと？」

「いなかと言えばいなかかもなぁ。原宿とか、渋谷とかじゃなく、俺たちが今、住んでいる街みたいな」

「そりゃ、相当、いなかだわ」

わたしたちは笑いあった。

「ねぇ、太陽に似た星がほかにもある？」

「俺たちの太陽系が所属している天の川銀河には、太陽みたいな恒星《こうせい》ってほかにもたくさんあるんだよ。太陽は、ごくごく一般的な恒星だからね」

「へぇ、何個くらいあるの？」

「いろいろ説はあるんだけど、ざっと二千億」

「ってことは、他の銀河団も合わせると太陽、すごい数になっちゃうね」

「まさに、天文学的な数字ってことだけは、間違いないよ」

お兄ちゃんがわくわくする理由は、わからないでもない。宇宙にそれだけたくさんの太陽があるのなら、地球と似た星があってもちっとも不思議じゃない。

もし地球に似た星があるのなら、そこには、わたしに似た子もいるのだろうか？

いるなら会ってみたかった。そして、その子には彼氏がいるのか、知りたかった。

とにかく。

宇宙にはたくさんの銀河系があるみたいだけれど、教室の中に存在する、マリとリリカの銀河系は、わたしとみずほの銀河系とは別なのだった。簡単に言ってしまえばノリが違うということなのだけれど。

つい昨日までグループに属《ぞく》していた子が、急に仲間はずれになっている。

そんなこと、学校ではめずらしくない。

ノダッチは、ひとりだ。

教室にひとりぼっちでいるふたりの女の子のうちのひとりだった。でも、あとのひとりは学校に来なくなりつつあるから、実質、単独行動をしているのはノダッチだけ。休み時間も、ぽつんと自分の席で本を読んでいる。

だけど、ノダッチの文庫本のページのめくりかたがでたらめなことを、わたしは知っていた。ノダッチは、本を読んでいるフリをして座っているのだ。そうでもしないと教室にいられないのだと思う。

もともと彼女は、五人グループの一員だったのだけど、一学期の終わりごろから突然ひとりになってしまった。

いや、予告みたいなものはあった。どことなくグループから外されようとしている前兆《ぜんちょう》とでも言おうか。

体育の時間の前、グループの子たちがノダッチを待たないでグラウンドに行ったのを、わたしとみずほは目撃《もくげき》し、あれ？　と思ったのだ。次の日のお弁当のとき、ノダッチのコップだけカラのままだった。

「あ、ごめん。お茶、忘れてた」

って言ってる子がいたけれど、ひとりぶんだけ入れ忘れるわけがない。ノダッチは黙って教壇《きょうだん》に置いてあるヤカンを取りに行っていた。

「アンナ、ちょっとあやういね」

「うん、あやうい」

わたしたちは後ろの窓側の席から、違う銀河系の様子をそーっと見ていたのだった。

それからしばらくして、ノダッチはひとりになった。

似たような光景、小学校のころから何度も見ている。でも、どうすることもできない。

ノダッチがいたグループは、おとなしめだ。でも春のクラス対抗バレーボール大会の実行委員に五人グループで立候補《りっこうほ》していたこともあり、先生のウケはよかった。

わたしはノダッチと一緒の小学校で、同じクラスの同じグループだったこともある。だから、一応、「ノダッチ」「アンナ」って呼びあう仲ではあるが、でも、中学生になってから遊んだことはない。友達もかわるものだ。

いい子だけど、ちょっとお金にルーズなところがあった。五十円とか、百円とか、「貸して」と言ってそのままだったり。

でもノダッチが、先生にぬれぎぬを着せられた友達のために、本気で怒っていた姿も知っている。

二学期になったら、ノダッチが、またもとのグループに戻れていたらいいなと願っていたけれど、でも、やっぱり彼女はひとりだった。

天気予報が当たって午後から雨が降り出したので、放課後のバスケ部の練習は休みになった。

「いいな、バスケ部は」

みずほがうなだれている。

陸上部のみずほは、雨の日でも「雨の日ダッシュ」というのがあって、校舎の非常階段の一階から四階までを十往復してからじゃないと帰れないのだ。

「みずほ、雨の日ダッシュ終わるまで待っててあげる。ドーナツ食べて帰ろうよ。わたし、今日、塾もないんだ」

「ほんとう？　じゃあ、ダッシュでダッシュしてくる。アンナ、教室で待ってて。三十分で戻るから！」

みずほはジャージを手にすると、あっという間に目の前からいなくなった。さすが短距離《たんきょり》選手だ。

みずほは、塾には行っていない。一年のとき、塾で知りあった他の中学の女の子たちとゲームセンターに行っていたことが親にバレて以来、家庭教師制度になったのだ。

教室前の廊下《ろうか》から、雨のグラウンドを見下ろす。誰もいない。いつもなら一番乗りで野球部の一年生たちが土をならしているのだけれど。

グラウンドには、ところどころ茶色い水たまりができていて、土が重たそうにしめっている。空は暗く、雨は夜までつづきそうだった。

そろそろ教室に入ろう。ひとりでいる時間が長いと、誰かに「かわいそう」って思われてしまう。

「ね、ちょっとだけ一緒にいてもらっていい？　みずほの練習、終わるの待ってるんだ」

教室で残っておしゃべりしていたみくちゃんたち、三人グループの中に、わたしはさりげなく入っていった。

「いいよ、アンナちゃん。はい、これあげる」

みくちゃんがそう言ってキャンディをくれた。

ひとつの机に集まり、まったりする。みくちゃんこと三國《みくに》さんはバレー部で、毎日バスケ部の隣《となり》のコートで練習している。同じクラスになる前から、廊下で会えばニコッと笑いあうくらいには知りあいだった。

みくちゃんたちは、ちょっと派手めで、いつも色付きのリップを塗《ぬ》っている。そして、真面目なグループの子たちを小バカにするようなところがあった。今日は、三人でお目当ての男子の先輩を待っているらしい。

みくちゃんたちのノリに合わせつつ、みずほを待つ。作り笑いで頰《ほお》が引きつりそうだった。

三十分後、みずほが教室に戻ってきた。汗で前髪がおでこに張り付いていた。小さく結んだ後ろの髪も濡《ぬ》れている。そして、着替えてくるから下足室で待っててと言うと、みずほはまた走って行った。わたしは、みくちゃんたちに「一緒にいてくれて、ありがとう」と言って教室を出た。

一階の下足室に降りて行くと、ノダッチが靴《くつ》を履《は》き替えているところだった。みずほはまだ来ていなかった。

部活に入っていないノダッチは、放課後もひとりだ。

わたしに気づくと、ノダッチはほんの少し微笑《ほほえ》んだ。いや、微笑む前の顔になって、途中でやめたみたいに見えた。わたしは小さな声で「ノダッチ、ばいばい」と言った。

ノダッチの「ばいばい」は、雨の音にかき消されるほど小さかった。

ノダッチは、走って帰って行った。傘は持っていなかった。だから、今まで時間をつぶしていたのだと思った。濡《ぬ》れながら帰る姿を誰にも見られたくなかったんだ。体育館の脇《わき》を駆《か》け抜《ぬ》けて行くノダッチの背中は、雨に打たれて痛そうだった。

ドーナツショップは混《こ》んでいた。満席だからあきらめようとしたら、みずほが「あそこ空《あ》いてる」と店の奥に突進して行った。そして、四人席にふたりで座っている大学生らしきカップルのところに行き、「ここ、いいですか？」なんて言っている。男の人が、「あ、どうぞ」と荷物をのけて二人席に切り離《はな》してくれた。みずほは愛嬌《あいきょう》があるから、こういうことをしても嫌味《いやみ》がない。

わたしが持っていた割引券を使って、ふたりで二個ずつドーナツを頼んだ。

最近、わたしたちが凝《こ》っているのが、ホットミルクにドーナツをひたして食べることだ。半分に割ったドーナツを、ホットミルクに十秒くらいひたし、もろもろと崩《くず》れかける一歩手前でミルクから引き上げ、ぱくっと食べる。ミルクが染《し》み込んだドーナツは、なんとも言えない食感だった。

「わたし、思ったんだけど」

みずほは言った。

「なに？」

「ドーナツ、ミルクにつけて食べるんだったら、最初からミルクの中に入れちゃって、スプーンで食べるのってどう？」

わたしの返事を待つまでもなく、みずほはすぐに実行に移していた。ミルクにドーナツを入れて、ぐちゃぐちゃとかき混ぜている。みずほのカップの中は、なんだか、すさまじいことになっていた。

「アンナ、これ、おいしい！」

みずほは、原形のなくなったドーナツをスプーンですくって食べた。

隣のカップルがそれを見て笑い、みずほは照れくさそうに小さく頭を下げた。わたしは、そんなみずほを、「もうっ、しょうがないなぁ」という困った顔をして見つめた。

でも、わたしたちは、そうして見せただけなのだ。

みずほは、本当に照れくさいのではなく、わたしも内心はちっとも困っていなかった。わたしたちは、十四歳の女の子を演じている。学校の外の世界で立ち回っていくために。危険を避《さ》けながら路地裏を歩く猫を見かけると、わたしは、その猫と今の自分が、どこか似ているように思えた。

帰るとき、席を空けてくれたカップルの彼女のほうが、「これ、あげる」と、クスクス笑いながらドーナツショップの割引チケットをくれた。

「得《とく》したね」

彼らが帰った後、みずほがいたずらっぽく笑った。みずほといると、文句なしに楽しかった。

雨はますます強くなっていた。わたしは、雨に濡れたノダッチの後ろ姿を思い出していた。


雨の日のお兄ちゃんは、いつもよりゆったりしている。

天体観測ができないから、単に時間を持て余しているだけとも言える。お兄ちゃんは、リビングのソファで本を読んでいた。

わたしは門限の八時を十五分遅刻《ちこく》しただけでお母さんにしつこく怒られ、ふてくされながら晩ご飯を食べている。

わたしが食事している間、お母さんはわざと忙しそうに洗いものをしていた。お父さんは当たり前のように、今日も残業だった。

「なぁ、アン。来年、二〇〇九年の皆既日食《かいき》は、日本でも見られるんだよ」

女同士が険悪《けんあく》なムードになっている中、お兄ちゃんだけがずっとぼけたことを言っている。でも、このすっとぼけ加減《かげん》がお兄ちゃんの良さでもあるのだ。お兄ちゃんを見ていると、「空気を読む」ってことが、なんだかくだらない気持ちになる。

「アン。その次に皆既日食を日本で見られるのは、二十六年後の二〇三五年なんだよ」

「そうなんだ、すごい先なんだね」

わたしはトンカツを頬張《ほおば》った。

「二〇三五年の次は、二〇四二年。俺が五十三歳のときで、えーっと、アンは今、十四歳だから、四十八歳になってる」

「そうだね」

なにげなくそう言った後、ハッとした。

お父さんとお母さんは見られるのだろうか？

ちょっと悲しくなった。

なのにお兄ちゃんは、平然としゃべりつづけている。

「その次の二〇六三年は、アンが六十九歳で、俺は七十四歳かぁ。ここまでは、俺もなんとか見られると思うんだけど、二〇七〇年のは、俺はどうだろうなぁ。でも、アンはまだ七十六歳だから、余裕で見られるよ。もしかしたら、二〇八九年の皆既日食だって夢じゃない。女の人は長生きだからね」

ありがとう。でもね、お兄ちゃん。生きていても、たぶん、わたしは見ないと思う。

そして、お父さんとお母さんは完全に、この世にいないと思う。

その夜、わたしはノダッチのことを考えていた。

明日も、教室でポツンとひとりぼっちでいるノダッチを見なければならないと思うと、正直、気分が沈んだ。わたしを鬱々《うつうつ》とさせるノダッチのことを、うっとうしいとさえ思ってしまう。

わたしは、こういう自分が許せない。

ときどき真面目《まじめ》に考えることがある。

いっそ先生が、友達と仲良くすることを禁止してくれればどんなにいいだろう、と。

休み時間は前を向いて座ったまま、ただ黙《だま》って授業を受けて、全校生徒はひとりでお弁当を食べるルールだ。グループを作って友達と仲良くしたら校則違反で、親には校長先生から厳重《げんじゅう》注意がいくのだ。

もし、そうなったら、学校なんかつまらないに決まっている。

だけど、今より楽かもしれないとも思うのだった。

クラス替えのたびに必死で友達を作らなくてもかまわない。いつもいつも空気を読んでいなくたっていい。ひとりでいても、かわいそうって思われない。みんながひとりだから、ひとりぼっちの人もいない。みんながひとりぼっちなのだ。もしそうなったら、ノダッチは、もう、苦しくないだろう。

いじめを完全になくすっていうのなら、休み時間も、通学途中も、わたしたちのことを徹底的《てっていてき》に見張っていてくれればいい。交通調査をするみたいに、誰と誰がどれだけしゃべったか、誰と誰がどれだけしゃべっていないかをチェックして欲しい。そして平等に会話を割《わ》り振《ふ》ればいい。そうしたら、誰もひとりにならずに済み、誰もいじめられない。わたしは、教室の中で淋《さび》しそうにしている子を見ないでもいいのだった。

今日、ノダッチに傘を貸してあげると言えなかった。

わたしは「ノダッチ、ばいばい」としか言えなかった。傘を貸してあげることもできたのに。だって、一緒に帰るみずほは、傘を持ってきていたのだから。

でも、今のノダッチにやさしくすることが怖かった。今日、やさしくしたって、明日はまた、わたしたちは別々の銀河系なのだ。

わたしには、わたしとみずほの関係を守ることのほうが大切だった。ノダッチと三人でお弁当は食べられない。食べたくないのだ。ノダッチが嫌いなのではなく、わたしとみずほの世界に、ノダッチが入ってくるのが嫌《いや》なのだ。

ノダッチに明日の約束ができなかった。

だから、今日、やさしくすることはできない。そんな自分が汚らしかった。ノダッチを仲間はずれにした子たちに、恐ろしいことが起これぱいいのにと思った。

気がつくと、もうすぐ夜中の一時になろうとしていた。

雨は、ようやく弱まっていた。

今夜はクーラーなしでも涼しいくらいだ。ジュースでも飲もうと廊下《ろうか》に出ると、お兄ちゃんとはち合わせた。

「アン、まだ起きてたのか」

お風呂あがりのお兄ちゃんからは、石鹸《せっけん》の匂《にお》いがした。

「うん、なんか眠れなくて。ジュースでも飲もうかなって」

「あ、俺にも一杯くんできて」

「わかった」

お兄ちゃんの部屋にジュースを持っていくと、お兄ちゃんは、机の前で望遠鏡の掃《そう》除《じ》をしていた。

「はい、リンゴジュース」

「ありがとう」

お兄ちゃんは、家族にもよく、ありがとう、と言う。わたしは恥《は》ずかしくて言えない。

「はぁーあ」

「なんだよ、アン、ため息か？」

「別に、ちょっとね。なんかさ、中学って面倒《めんどう》くさいなと思って」

「そうだな、そういうところだな」

お兄ちゃんは、うなずきながら言った。

「お兄ちゃんもそう思ってた？」

「中学も高校も受験勉強があったし、なかなか星の観測ができなかったからなぁ」

やっぱり、そこにいくのか。

「お兄ちゃん、わたし、うーんと、遠くに行きたい。パーッと宇宙とか。いっそ、ほかの星にでも住みたいよ。木星とか」

レンズを磨《みが》いていた手を止め、お兄ちゃんは驚《おどろ》いて言った。

「木星に住みたいって、それは無理だよ、アン」

「冗談だよ、いくらわたしでもそんなこと無理ってわかってるし」

「そうだよな、びっくりしたよ。木星はガス惑星《わくせい》って呼ばれてて、水素やヘリウムでできてるんだから。地面がないから暮らせないよ」

いやいや、そうじゃなくて。でも、木星ってそうなんだ、知らなかった。

「アン、住むなら絶対、火星だと思う」

いやいや、だから、そうじゃなくて。

「火星の一日は、地球より三十七分長いだけだからそんなに変わらない。それって、結構、重要ポイントだろう?」

そうですね、そうかもしれません……。

「間違っても、天王星《てんのうせい》はやめたほうがいいよ。住む場所によっては、約四十年近く太陽が出っぱなしで、その後はまた四十年近く沈みっぱなしだからね。四十年もジリジリ太陽にあたっていたり、四十年も太陽のないところで凍《こご》えているなんて体力がつづかないよ。といっても、天王星もガス惑星だから、まぁ、住めないと思うけど」

お兄ちゃんは嬉しそうに、半《なか》ば自慢《じまん》げに笑った。これはお兄ちゃんなりのジョークで、相当うまくいったと思っている顔である。仕方がないので、わたしも力なく微笑《ほほえ》んだ。

お兄ちゃんはやさしい顔で言った。

「やっぱり地球が一番いいと思うよ、空気もあるし」

「でも、地球の中では、毎日毎日、嫌なできごとが起こってる。しかも、中学校は窮《きゅう》屈《くつ》だし」

「そうなんだ」

お兄ちゃんは大きくうなずいた。

「そうなんだ、アン。窮屈なんだよ、窮屈に決まってる。だって、あんなに小さな建物の中にいるんだから。宇宙規模で見たら、びっくりするほど窮屈さ、中学校なんて」

お兄ちゃんは立ち上がり、網戸《あみど》越《ご》しの夜空を見上げた。いつの間にか雨はあがっていた。机の上のリンゴジュースの氷が、コップの中でカランと音をたてた。お兄ちゃんの骨張《ほねば》ったからだは、たまご色のTシャツに包まれている。よく見ると、意外に広い肩だった。

窮屈に決まってる、と、お兄ちゃんが言ってくれて嬉しかった。嬉しいと思ったことで、わたしは誰かにそう言って欲しかったのを知ったのだった。

「そう、本当に、窮屈で走り出したくなるときがあるの」

「なぁ、アン。宇宙はあんなに広いっていうのに、俺たちは少し窮屈で、でもそれは、すごい奇跡《きせき》って気もするんだよ」

「奇跡？」

「アン。おりひめって星、知ってるだろう？」

「おりひめと、ひこぼしの、おりひめ？」

「そう。おりひめ星は、ベガって呼ばれている星なんだけどね、実は宇宙人がいるんじゃないかって考えられてる星なんだ」

「えっ、そうなの⁉」

「アメリカの天文学者が書いた小説の中では、このベガから知的生命体の信号がやってくる設定になってる」

お兄ちゃんはいたずらっぽく笑った。

「設定ってことは、いるってわかったわけじゃないの？」

「そう。わからない。わからないんだけど、たぶん、もし、いたとしても人間みたいな知的生物はいないんじゃないかな」

「どうして？」

わたしは聞いた。

「ベガは地球より若い星なんだけど、寿命は地球よりうんと短い。たとえ、生物が誕《たん》生《じょう》していたとしても、人間みたいな知的生命体にまで進化できないと思う」

「時間が、足りないってこと？」

「そうなんだよ、アン」

お兄ちゃんは言った。

「ね、お兄ちゃん。地球ができてから、人間が誕生するまで、どれくらいの時間がかかったの？」

わたしは尋《たず》ねた。

「宇宙の中で地球が誕生したのが約四十六億年前なんだけどね、それから、長い長い時間の流れの中で、生物は少しずつ進化していったんだよ。アン、地球の誕生が四十六億年前としたら、人間が誕生したのっていつごろだと思う？」

「うーん、三十億年くらい前？」

「アン、人間が誕生したって言われているのは、ほんの四百万年ほど前のことなんだよ」

「準備時間、長すぎだよ」

わたしがつぶやくと、お兄ちゃんは笑った。

「準備というのが適当な言葉かどうかは別として、そう、とても時間がかかっているんだ。さらに、宇宙が誕生したのが、約百三十七億年前って思うと、もう、莫大《ばくだい》な時間をかけて、俺たちはこの地球で誰かと出会っていることになる。窮屈だとしても、それは、やっぱりすごいことだって気がするんだよ」


翌朝は、晴天だった。アスファルトの道路も、夏の太陽の日射しにカラッカラに乾《かわ》いている。

今朝、わたしが寝坊《ねぼう》したことを、お母さんは汗を噴《ふ》き出して怒っていた。

「四十六億年の地球の歴史の中で、たった二十分の遅刻《ちこく》がなんなの？」

わたしが言うと、あなたに宇宙は関係ないと言われた。宇宙はお兄ちゃんだけのものじゃないのに。

学校までダッシュすることはあきらめた。こんな暑い中を走ったら、着いたときに、背中や脇《わき》の下に汗じみができてしまう。どうせ遅刻なのだ。今さら慌《あわ》てたって仕方ない。いつもよりたらたらと歩いて学校に向かった。

みずほは、今ごろ心配しているだろう。わたしたちは、あの教室の中で、たったふたりの銀河系なのだから。でも大丈夫だよ、みずほ。わたしは学校に向かっている。

校門には、もう生徒指導の先生も立っていなかった。

授業がとっくにはじまっている校舎。ひんやりとした廊下には誰もいなくて、どこかのクラスから先生の声が響《ひび》いている。階段の隅《すみ》に、大きなほこりの玉が転がっていた。

ノダッチは、きっと、今日もひとりなんだろう。

なかなか治らない口内炎《こうないえん》のように、考えると心がひりひりした。

教室の後ろのドアからそーっと入ると、理科の木内先生が、大丈夫なのか？　と言った。

「はい、もう大丈夫です」

わたしは答えた。

お母さんが「貧血のため遅刻します」と、あらかじめ担任に電話をいれているのだ。その嘘《うそ》をなんとも思わない。都合よく、大人を真似《まね》できるわたし。

自分の席に着く前に、みずほの机にそっとメモを置いた。座ってから振り返ると、みずほがこっちを見て小さくピースした。ただの寝坊だということと、来る途中で百円玉を拾ったことを、さっき下足室で書いたの。

結局、今日はどの授業も睡魔《すいま》に襲《おそ》われ、まぶたを開けたまま寝る人のことがうらやましかった。小学校五、六年のときに仲良しだったトモちゃんは、半開きの目で眠るのを見られるのが嫌だと言って、修学旅行にアイマスクを持ってきていたことを思い出した。朝方、眠っているトモちゃんの目を確かめようとした子とわたしが、少しケンカみたいになったのだった。

放課後、バスケ部の練習に向かうとき、ノダッチが渡り廊下を歩いて下足室に来る姿が見えた。外からはセミの声がわんわん聞こえていた。

わたしは下足室でバスケットシューズに履《は》き替えながら、わざとゆっくりヒモを結んだ。

友達と仲良くすることを禁止。

全校生徒はひとりでお弁当を食べるルール。

グループを作ったら違反。

そんな校則になってもかまわないから、ノダッチを助けてあげて欲しいと思うのに、わたしには何もできない。

でも、今、ここで、わたしはノダッチを待っていた。心臓《しんぞう》がバクバクしていた。

「アンナ、まだ～？」

バスケ部の子たちが外で呼んでいる。

「待って、すぐ行く！」

立ち上がったとき、ノダッチがすぐ近くまで来ていた。ほんの一メートル先まで。

「あ、ノダッチ、ばいばい」

さりげなく言って、わたしはみんなのほうに駆《か》け出した。

今はこれしかできない。

弱虫なわたし。だけど、これだけはできるんだ、とも思った。

ノダッチが仲間はずれになったことに、わたしが傷ついている気持ち。ノダッチには伝わっていない。ノダッチは永遠に知らないままかもしれない。だけど、「ノダッチ、ばいばい」は言うんだ。

空は、青く晴れわたっていた。

このうーんと先には大きな宇宙が広がっている。

たくさんの銀河系の、その中のひとつの銀河系である、太陽系第三惑星《わくせい》の地球の中の東京の片隅《かたすみ》の中学校の下足室の一メートル先にいるクラスメイト。わたしは、ノダッチに「ノダッチ、ばいばい」って言わなければいけないんだ。言いつづけるんだ。だって、ノダッチはここにいるのだから。それは、ひとつの奇跡《きせき》なのだから。

練習前、バスケ部のコートの小石拾いをしながら、わたしは冥王星《めいおうせい》のことを考えていた。

冥王星は見えなくなったわけではなく、いなくなったわけでもなく、確かに、宇宙に存在しているということを。

三

お父さんが会社を休んだ。

熱が二、三日下がらなくて、それでもずっと会社に行っていたのだけれど、今朝は寝込んだままだった。

「お父さん、会社休むんだ」

キッチンで卵焼きを作っているお母さんにさりげなく言う。本当は「お父さん、大丈夫なの？」と聞きたいのだけれど、心配していることを知られるのが恥ずかしい。恥ずかしいことじゃないのに、お母さんにそういうわたしを見られるのが嫌なのだ。

「熱、ちょっと高いんだけどね、明日は土曜日だし、ゆっくり寝てれば大丈夫だと思うわ。夏の疲れが出たのよ、きっと」

「ふうん」

「ちょっとアイスノン買いに行ってくるから、ご飯、自分でよそって食べてくれる？」

お母さんは卵焼きをお皿にのせた。きざんだ万能《ばんのう》ネギが入っている。あいかわらず、ネギはふぞろいだった。

「お兄ちゃんは？」

「もう大学行ったわよ。ねぇ、アン。今日、クラブ休めない？」

「無理」

「お母さん、どうしてもパート休めないのよ。でも、お父さんひとりじゃかわいそうでしょう」

「パートくらい休めばいいじゃない」

「パートくらいってなに。パートだから休めないの。ほら、先週もＰＴＡの集まりでお休みにしてもらったばかりじゃない？　だから、今日は午前中だけじゃなくて午後まで通しで出なくちゃいけないのよ。お母さんも、そんなに無理言えないのよ」

「こっちだって無理だよ」

お母さんはまだなにか言いたそうだったけれど、ご飯、よくかんで食べなさいよと言って、お父さんのためのアイスノンを買いに行った。

不可能だ。

お父さんには悪いけれど、今日は絶対に部活を休めない。放課後、「地獄《じごく》マラソン」が行なわれる日なのだ。

地獄マラソンは、秋の試合に向けて気合いを入れるための、バスケ部の恒例《こうれい》行事である。三年生が引退し、わたしたち二年生が仕切る最初のイベントでもあった。

堤防《ていぼう》を走り抜けた後の、長い長い坂道と、神社の急な階段。去年、階段をのぼりながら数えた子は、四百八十八段だったと言っていた。新入生が入部するたびに、先輩《せんぱい》たちはこの地獄マラソンのことを話題にしていたものだった。

実際に走ってみたら想像していたよりかは楽だったのだけれど、わたしたちも先輩の立場になってしまえば「地獄！　地獄！」と後輩《こうはい》たちを怖がらせて楽しんでいる。走っている間中、ファイト、ファイトと大声を出しつづけなければならないのは、確かに苦しいのではあるけれど……。

こんな行事、参加しないで済むのなら、それに越《こ》したことはないと思う。休めるものなら休みたいのである。

ただ、参加しなかった場合のデメリットは大きい。

去年、風邪《かぜ》で休んだ多香子は、いまだ、完全には許《ゆる》されていない。別に、バスケ部員の誰も怒っているわけではないのだが、

「地獄を思い出すね〜」

「でも、いつかいい思い出になるって気がするよね〜」

という会話を、定期的に多香子の前ですることを、わたしを含《ふく》め、みんな忘れないのだった。休んだことを、チクリと意地悪したくなる。

たぶん多香子は、今日の「地獄マラソン」を心待ちにしていると思う。肩身《かたみ》の狭《せま》い思いを一年もしてきたのだから。

昨日の部活の後、グラウンドから引き上げる途中でわたしが、

「あ〜、明日、ずる休みしたいな〜」

と言ったら、近くにいた子たち全員が、「あ〜っ」と絶叫《ぜっきょう》しつつ、強く同意してくれていた。

わたしは、自分がずる休みなんかしないとわかっていたから言ったのだけれど、本当に今日、休んでしまえば、単にずる休みしたかった人になってしまう。

だから、今日は部活には行く。行かねばならんのだ。

熱があっても会社を休めなかったお父さん。

お父さんが寝込んでもパートを休めないお母さん。

娘のわたしは部活を休めない。

この星には、どれくらいの休めない人がいるんだろう？

学校に行くと、すぐにセーラー服のリボンをほどいた。

「一時間目を体育にする時間割って、嫌がらせでしかないよね」

みずほが隣《となり》で体操服に着替えながらぶつぶつ言っている。

「うん。あと、四時間目の体育も嫌じゃない？」

「あれも嫌だね、昼休み短くなるもん。それに、男子の汗のにおいの中でお弁当っていうのが、ちょっとね……」

みずほの意見に隣のクラスの美咲ちゃんがのってきた。美咲ちゃんは、みずほと同じ陸上部の子だ。

「そう！　男子って汗くさいんだよ。みずほちゃんたちはこの教室だからいいけど、わたしたちなんか男子が着替えた後の教室でしょ。いつもムア～ってしてるんだから」

体育は隣のクラスと合同だから、着替えるときは奇数《きすう》クラスが女子、偶数《ぐうすう》クラスが男子の更衣室になる。偶数クラスの女子は、たいてい男子のにおいのことで文句を言っている。

確かに、体育の後の男子って、少しにおう。だんだんと男の人のにおいになってきているのだ。それは、わたしたち女子と違うにおいだった。

男子と廊下《ろうか》ですれ違ったときにそのにおいを感じると、アッと思う。生理がきたり、胸がだんだん大きくなったりして、わたしたちばかりが大人の世界へと押し出されているような気がしていたけれど、男子たちに男の人のにおいを感じると、彼らもまた静かに進行しているんだなって安心する。同志みたいな、そんな感じ。

そうは言っても、大人になりたいなんて間違っても思わない。大人になってしまったら、そこが自分の未来なのだから。未来が未使用であることは、大人たちよりもうんとマシだと思う。

だけど、中学生という立場にもいい加減《かげん》うんざりしていて、とにかく今は、高校生になれば毎日が楽しいに違いないと思うようにしているのだった。

この時期の体育はまだ水泳のはずなのだが、今日は短距離走の授業である。生徒の誰かが、プールの排水溝《はいすいこう》を破壊《はかい》したからだ。犯人は、一応、わかっていないことになっているが、先生たちは目星をつけているはずである。プールは修理の最中で、一滴《いってき》の水も入っていなかった。

プール事件が発覚した日、緊急の全校集会が行なわれた。校長先生は、ひとしきり怒ったあと「悲しい、悲しい」と嘆《なげ》いていた。きみたちが、なんでこんなことをするかわからないとも言っていた。

「きみたち」のひとりとして、わたしは校長先生に教えてあげたかった。

こうして授業を返上《へんじょう》して全校集会になることが、その理由なんだよ。大人が決めた時間割を動かすのは、世界を動かすのと同じだった。わたしたちの世界はそれくらい小さくて、狭い。

短距離走の授業では五十メートルのタイムを計った。

足が速い子ってかっこいいと思う。みずほはクラスの女子の中で飛び抜けて速かったのだが、五番になってもいいからそのぶんのタイムを英語の点数に加算して欲しいと言っていた。そうすることで英語の点が何点上がるのか見当がつかないけれど、そういう制度があってもいいような気がする。わたしは走るスピードも英語も中くらいで、あとの教科は平均よりやや下くらい。おまけに顔だって平凡だし……。引いて足すような制度は利用できそうになかった。といったところで、陸上部のエースであるみずほが、五番で納得するわけがないのだけれども。

一時間目の体育が終わり、二時間目の国語、三時間目の数学、そして四時間目の音楽に差しかかったあたりで、わたしははっきりと決意した。

今日、部活は休む。

地獄《じごく》マラソンには参加しない。

本当は、朝、家を出るときからそう決めていたような気がした。

五時間目の英語の授業がはじまって、ちょうど十分が経過するところだった。実行するなら、今しかない。手をあげて、先生に言うのだ。気分が悪いので保健室に行っていいですか、と。

放課後の地獄マラソンを休むには、もはや周囲の人間をだますしか手はない。そのために、お弁当は三分の一食べたところで残しておいたし、気分が悪いと言って昼休みは机につっぷしていた。みずほが心配して売店でオレンジジュースを買ってきてくれたのには、さすがに心が痛んだけれど、そうするしかなかったのだ。

お父さんは、三十八度の熱を出してひとりぼっちで家にいる。

わたしが三十八度の熱を出していたなら、お母さんはきっとパートを休んで看病してくれていたに違いない。だけど、お父さんは大人だから、ひとりでがんばらないといけないのだ。朝はそんなこと仕方がないと思っていたけれど、時間がたつにつれて、お父さんがどんどんかわいそうになってきた。自分が死んだら家のローンがチャラになる保険に入ってくれているお父さんなのだ。

のどが渇《かわ》いていないかな。冷たいリンゴジュース、飲みたいんじゃないかな。眠っているだろうか、それとも、窓から見える青空をぼんやりながめているのだろうか。

小学生のとき。

図工の時間に描いた絵を先生に誉《ほ》められ、わたしは嬉しくなって急いで家に帰りお母さんに見せた。

「まぁ、上手ねぇ。お父さんが帰ってきたら見てもらおうね」

そう言って、お母さんはたんすの上にそーっとその絵をのせた。夕方、部活（もちろん天文部）から帰ったお兄ちゃんが、絵に気づいて言った。

「アン、この絵の季節はいつ？」

「春だよ、ほら、ここ、菜の花が咲いているでしょ」

わたしが指さして答えると、お兄ちゃんは腕組《うでぐ》みをしながら難しい顔をした。

「アン、それじゃあ、夕焼けが赤いのはおかしいよ。間違ってる」

「この時期の夕焼けは黄色いんだよ。真っ赤な夕焼けは木枯《こが》らしの吹く季節だから」

「いいのよ、一樹。絵なんだから、別に夕焼けの色なんか赤でも黄色でも紫《むらさき》でも。ねえ、アン」

お母さんは慌《あわ》てて助け舟を出してくれたのだけれど、子ども扱いされたその言い方が悔《くや》しくて涙が溢《あふ》れそうになった。

「わたし、紫の夕焼けなんか描いてない!」

「わかってるわよ、ほら、紫っていうのは言葉のあやよ」

と、お母さんは言った。

「アン、ごめん、ただ間違っているから教えてあげようと思っただけなんだ」

再び、お兄ちゃんに間違っていると言われ、わたしの涙はついにこぼれてしまった。

せっかく上手に描けたのに。先生に誉められたのに。

「夕焼けは赤いのっ、赤でいいの! それから紫の夕焼けなんか、わたし、描いてない! 描いてないけど、もしかしたらあるかもしれないじゃないっ」

キッチンの床に寝っころがって泣いていると、真上からお父さんの声がした。

「あるんだよ、アンナ」

「え?」

仕事から戻ったお父さんが、わたしの顔をのぞき込みながら真面目な顔で言った。

お父さんはわたしのことをアンと縮《ちぢ》めて呼ばず、小さいころからずっとアンナだった。

「お父さんは見たことがあるんだよ、アンナ。紫の夕焼け」

今度はお兄ちゃんが反論した。

「ないよ、そんなの。俺、見たことない」

「だけどお父さんは見たんだ」

「いつだよ」

「一九七五年」

中学生のころのお兄ちゃんは、お父さんと口をきかなくなっていたから、わたしはふたりが話しているのが嬉しくなって、急いで涙を拭《ふ》きお父さんに尋《たず》ねた。

「お父さん、何歳のとき？」

「十五歳。今の一樹と同じ歳だったよ」

「ね、お兄ちゃん、お父さん、見たんだって。紫の夕焼け見たんだって。お兄ちゃんと同じ十五歳のとき」

「どこで」

お兄ちゃんがぶっきらぼうにお父さんに聞いた。

「東京だよ。すごく不思議な空だったなぁ」

お父さんはネクタイを外しながら、キッチンの椅子に座った。

「一樹、聞いたことないか？　一九七五年の紫の夕焼けのこと」

「ないよ、どうしてそんな色になったわけ」

「その前の年、一九七四年のフエゴ火山の噴火《ふんか》による影響《えいきょう》って言われてるんだけどね」

などと、だんだん専門的な話題になってわたしとお母さんはすっかり置いてきぼりとなり、お父さんとお兄ちゃんがあれこれ本を見ながら話しはじめた。

あのとき、お母さんは嬉しそうだった。わたしは、絵のことではまだ納得していなかったけれど、まあ、いいやという気分になっていた。

チャンスは向こうからやって来た。

教科書も開かずに、ぼんやりとお父さんのことを考えていたら、「小倉さん」とわたしを呼ぶ声がした。先生にあてられていたのだ。

「次のとこから読んでみて」

わたしは反射的に立ち上がり、英語の教科書をバサバサとめくったのだが、ああ、そうだ、ここで倒れるのが絶好のチャンスだとひらめいて、その場にしゃがみ込んだ。ノートやペンケースをわざと床に落とし、大袈裟《おおげさ》に。

大丈夫⁉

という声がしたと同時にみずほが飛んで来て、

「先生、小倉さん、体調が悪くて、さっきお弁当も食べられなかったんです！」

などと、背中をさすってくれていた。

わたしはそのまま、保健委員に付き添われ保健室に行った。男子バスケ部副キャプテンの長崎君が同じクラスだから、この「事件」はしっかりとバスケ部全体に伝わるだろう。

五時間目の途中で保健室行きを決行したわたしは、放課後になるまでベッドの中で横になっていた。

学校の中で寝転んでいる自分のからだは、なんだか自分のものではない気がした。頭がベッドに吸い付くような、ふしぎな感覚だった。グラウンドから聞こえる体育の先生の声が、現実の世界ではないみたいに、遠くに思えた。

チャイムがなってしばらくしたら、バスケ部の子たちが保健室まで様子を見に来てくれた。「休んだら元気になったし、マラソンには出られる」。わたしがそう言ってベッドから立ち上がろうとすると、保健の藤丘先生が「無理に決まっているでしょう！」と怒り出し、わたしはまっすぐ家に帰らされることとなったのだった。

誰にも仮病《けびょう》を疑われなかった自信がある。

ひょっとしたら女優に向いていたりして？

調子にのってしまいそうだった。

帰り道、家の近所のコンビニに寄った。お父さんのために紙パックのリンゴジュースとカップのバニラアイス（高級なほう）をカゴに入れた。風邪のときに食べると、のどが冷たくて気持ちがいいと思ったから。

自分のぶんも買いたかったけれどお金が足りず、仕方がないので棒《ぼう》付きの安いアイスキャンディで我慢《がまん》した。アイスキャンディは、いつでもわたしたちの味方だった。

たとえ、果汁が一パーセントだったとしても。

コンビニから家まで約百メートル。

日射しはまだ強いけれど、それは真夏のものより薄《うす》まっている気がした。

もうすぐお父さんの誕生日だ。乙女座《おとめざ》生まれなのが子どものころは恥ずかしかったと、前にお父さんは言っていた。

「ただいま」

家の中はひっそりとしていた。お母さんは、まだファミレスのパートのはずだった。

「入るよ」

お父さんたちの寝室のドアを軽くノックしてから開くと、お父さんが布団の中で「おかえり」と笑った。太陽の光がカーテンの隙間《すきま》から差し込んでいる。西日のせいで部屋は蒸《む》すのに、クーラーの温度は高めに設定してあった。お父さんは夏のタオルケットを胸まで引き上げていた。おでこには冷却シートを貼り付けている。

「学校終わったのか？　ずいぶん寝てたんだなぁ」

「どうなの」

「だいぶマシになってきた」

「熱、まだあるの？」

「さあ、どうだろう、下がってきたんじゃないかな」

お父さんの口のまわりには、うっすらとヒゲが伸びていた。六畳の部屋の中は「男の人」というよりオジサンのにおいで充満している。

「アイス食べる？」

「アンナが買ってきてくれたのか？　悪いなぁ」

「別に。わたしも食べたかったから」

お父さんはゆっくり起き上がり、カップアイスを受け取った。

お父さんがひとりでアイスを食べるのがかわいそうに思えて、わたしもその場でアイスキャンディの袋を破《やぶ》いた。

「座って食べればいいじゃないか」

お父さんは言った。

「いいの、このままのほうが楽だし」

座ってしまうと、いかにも看病してますという感じになって照れくさい。ドアのすぐ近くの壁にもたれて、わたしはアイスキャンディをかじった。

「うまいなぁ、冷たくて」

背中を丸めてアイスを口に運ぶお父さんは、いつもより歳《とし》とって見えた。コンビニでもらったプラスチックのスプーンじゃなく、家のスプーンを持ってきてあげれば良かったなと思った。

「お父さんって、今、何歳？」

「四十七」

「ふうん」

「中年だよなぁ」

「まぁ、そうだね」

「四十七歳になってるアンナって、どんなだろうな」

「ならないもん」

「どうして」

「なりたくないから」

「大人になるの、嫌か？」

「嫌。絶対、嫌。ぜんぜんなりたくない」

「そうか」

お父さんは少し笑った。バカにされたような気分になる。

「大人ってつまらなそうだから」

そう言ったものの、それではお父さんに悪いような気がして付けくわえた。

「でも中学もつまらない。早く高校生になって、ずーっと高校生のままがいい。大人にはならなくていい」

「そうだなぁ、お父さんも大人になりたくないって、まだ思うことあるなぁ」

お父さんは意外なことを言う。もう大人のくせして。

「大人になりたかった大人って、案外少ないんじゃないかってときどき思うんだよ。いつの間にか大人って呼ばれるようになっていて、結構みんなびっくりしてるんじゃないかなぁ」

アイスキャンディが猛《もう》スピードで溶けはじめ、わたしは慌《あわ》てて食べ終えた。でも、まだお父さんの話を聞いていてもいいと思った。

「なぁ、アンナ。ボイジャーってわかるか？」

「ロケットの？」

「うん。ボイジャーは、一九七七年、お父さんが高校生のときに打ち上げられた探査《たんさ》機《き》なんだ」

「ふうん」

「あいつは太陽系のいろんな星のデータを地球に送りつづけて、まだ宇宙を飛んでいるんだよ。そして今は太陽系をあとにして、未知の世界に向かって飛びつづけている」

「だから？」

「そのボイジャーにはレコードが搭載《とうさい》されているんだ」

「レコード？」

「うん。そのレコードには、六十何ヵ国のあいさつの声とか、動物の鳴き声、風の音、ほかにもいろんな地球のささやきが入っているんだよ」

お父さんの声は、風邪のせいでかすれている。ベッドの枕元には、空になったコップと、読みかけの小説が一冊置いてあった。

「なんのために？」

「なんのためだと思う？」

「さあ」

思い浮かばなかった。

「宇宙のどこかで、誰かが、それを見つけて聞いてくれるかもしれないって考えたのさ」

「誰かって……ひょっとして宇宙人？」

「まぁ、そういうことさ」

お父さんは食べ終えたアイスクリームのカップの底を見ていた。

「アンナ、面白いと思わないか？　大人なのにそんなことを考えるなんて」

「うん」

「大人なら、宇宙人がレコードを手にするなんて、おそらくないってことくらいわかるからね。でも、それをやってみようと考えたのは大人なんだ」

「小学生みたい」

「そうだな、そうなんだ。子どもみたいなんだ。お父さんも、自分があと少ししたら五十歳なんて信じられないときがある。つい最近まで十四歳だった気さえするんだよ」

「変なの」

「変だなぁ。オヤジなのになぁ。ほら、最近、頭もちょっと薄《うす》くなってきてるし」

お父さんは笑いながら横になった。まだしんどそうだった。

「もう寝たら。リンゴジュースも買ってきたから」

「そうだな、ちょっと寝ようかな。うまかった、ありがとう」

リビングから新しい冷却シートを持って来てお父さんに渡すと、お父さんは、また「ありがとう」と言って目をつむった。

お父さんの熱は夜にはほとんど下がり、お母さんが作ったお粥《かゆ》(炊飯器《すいはんき》のお粥ボタンを押すだけ)をおかわりして食べたらしい。お母さんはほっとしているようだった。

「アンが早く帰ってきてくれたから良くなったのね、きっと」

慈愛《じあい》に満ちた笑顔をわたしに向けてくる。

そういうことを言わないでくれる気配りを、お母さんは修得《しゅうとく》するべきだと思う。恥ずかしいし、照れくさいし、どんな顔をしていいのかわからない。

「別に。今日は部活が中止になっただけだから」

わたしはぶっきらぼうに答えた。そして夕飯を食べ終わると、さっさと三階の自分の部屋に上がった。みずほとバスケ部の子たちから携帯にメールが届いていた。もう大丈夫と返信する。どっと睡魔《すいま》がやってきたのでベッドに横になった。

どれくらい眠ったんだろう？　携帯を見ると十一時前だった。九時からお笑い番組を見ようと思っていたのに。

お風呂に入ろうと二階に降りて行くと、お兄ちゃんがご飯を食べていた。金曜日は家庭教師のバイトがあるから、いつも帰ってくるのが遅いのだ。

相変わらず、たんたんと食べ物を口に運んでいる。おいしそうでも、まずそうでもなく。前に社会科見学で見た蚕《かいこ》の幼虫みたいだ。幼虫たちが桑《くわ》の葉をシャワシャワシャワと食べていたあのときの音が聞こえてきそうだった。

お母さんはキッチンでお米をといでいた。

「お母さん、なんかある？　お腹すいてきた」

「なによ、もう寝る時間でしょう」

振り返らずにお母さんが言った。

「今、寝てたんだって」

「ヘンな時間に寝たら、寝られなくなるわよ」

「明日土曜じゃない。ねぇ、なんかないの？　おいしいもの」

「スイカあるよ」

「スイカかぁ」

わたしの声は、不満で裏返った。

「スイカかぁってなによ」

お母さんは、お米をとぐ手をとめてこちらを見た。

「もっとほら、プリンとか」

「そんなこと言っても買ってないんだからないわよ。あっ、あるある、パートの木下さんがどこかのお土産って羊羹《ようかん》くれたんだった」

「羊羹？　そういうのとも違うんだけど」

「じゃあ、食べなくていいわよ、もう」

お母さんが軽くイライラしはじめたとき、お兄ちゃんが「羊羹って宇宙食にもなってるんだよ」とぽつりと言った。

「そうなの？」

わたしとお母さんは思わず口を揃《そろ》えて聞き返した。

「野口さんのメニューに入ってたはずだよ、ほら、ディスカバリー号の」

「ふぅん、そうなんだ。ねぇ、お兄ちゃん、宇宙食ってほかにどんなものがあるの？」

「いろいろだよ、カレーとか、スパゲティとか。ラーメンだって宇宙食になってる」

「へぇ」

お母さんが羊羹と麦茶を持って来てくれたのを、わたしはペロリと食べた。宇宙で食べる羊羹を、ちょっとだけ想像しながら。

お風呂からあがって部屋に戻るとき、お兄ちゃんが自分の部屋からひょっこり顔を出した。

「アン、月、見ていかないか」

少し涼《すず》みたかったので、「うん」と言って、お兄ちゃんと屋上に上がった。

望遠鏡からのぞいて見た月はまるかった。そういえば、ここに引っ越して来た日も満月だった。

「まんまるだ」

「昨日が本当の満月だから、正確には少し欠けているんだけど」

「ふうん。お兄ちゃんは月も好きなんだね」

「そうだなぁ、好きかなぁ、やっぱり」

月はそしらぬ顔で、ぽっかりと夜空で光っていた。

わたしは言った。

「月って気楽でいいよね、ずっと空に浮かんでいればいいんだから。変わらないでいいんだもん」

お兄ちゃんはウーンとうなって腕組《うでぐ》みをした。

「なぁ、アン。月って、どんどん地球から離れていってるんだよ。一年に三センチくらいずつね」

「そうなの？」

「うん。ずーっと長い時間をかけて月は地球から遠のいている。四十六億年前の月は、今よりずっと近くにいて、そうだなぁ、二十五倍くらいの大きさには見えていたはずだよ」

「それって、すごく、大きくない？」

「そう、相当、大きい。大きくて、夜空から落っこちてきそうだったんじゃないかなぁ。すごいだろうなぁ、どんなふうだったかって考えるだけで、足がすくみそうになるよ」

遠のいていくと、最後はどうなるんだろう？

話が長くなりそうだったから聞かなかったけれど、わたしは、なんだか月がかわいそうだった。地球から遠のいていく月も、大人になっていくわたしも。無性にかわいそうだと思った。

気分が悪くなって保健室に行ったことは、週明け、バスケ部の間では「抱きかかえられて運ばれた」などと大袈裟《おおげさ》になっていた。一応、ちゃんと歩いて行ったと訂正したが、話が膨《ふく》らんでいたおかげで地獄《じごく》マラソンに参加しなかったことは、大目に見てもらえているようだった。

マラソン中にコウモリに張りつかれた一年生の男子がいたらしく、その話題でみんなが爆笑しているのがうらやましかった。去年、風邪で参加しなかった多香子は、今年は得意になってしゃべっていた。

部活の帰り道、お兄ちゃんとばったり会った。ばったりというか、後ろから「アン！」と呼ぶ声がして、振り向いたらお兄ちゃんが至近距離《しきんきょり》に立っていたのだ。

この先の道からは、もう友達と遭遇《そうぐう》することはないので、安心して並んで歩く。兄妹で一緒にいるところを友達に見られるのは、なんとなく恥ずかしいものだから。

今日のお兄ちゃんは、「53」という数字が大きく書いてある薄緑《うすみどり》のTシャツを着ていた。その数字が一体なんのことなのかは、それを買ってきたお母さんにも、それを着ているお兄ちゃんにも、もちろんわたしにもわからなかった。

「バスケットって何人でやるんだっけ？」

お兄ちゃんは勉強ができるのに意外なことを知らない。ついこの前は「マカロンって何？」と言っていた。

「バスケットはひとチーム五人だよ」

「じゃあ、レギュラーは五人だけか」

「うん。わたしはレギュラーじゃないんだけど、でも、ときどき途中で出してもらえることもあるんだ」

草むらで虫の鳴き声がしている。「セミの季節は終わりなんだよ」と言っているみたいだった。

わたしは、この前から気になっていたことをお兄ちゃんにたずねた。

「ね、お兄ちゃん。ほら、わたしたちの地球がある太陽系は、天の川銀河に属《ぞく》しているって言ってたでしょ」

「うん」

「その天の川銀河には、太陽みたいな恒星《こうせい》がほかにも二千億くらいあるって、言ってたよね」

「それがどうかした？」

「でも、実際に、人間がひとつひとつ数えに行ったわけじゃないでしょ」

「うん、確かに」

と、お兄ちゃんは深くうなずいた。

「どうして、わかるの？　星の数が」

「そうだなぁ……」

お兄ちゃんは、右手の親指であごをさすった。考えるときに、よくする仕草だ。

「推定《すいてい》なんだ」

「すいてい？」

「そう。状況から予想するっていうのかな。天文学者っていうよりも、たくさんの科学者たちが大きな数を予想するときに使う考え方があるんだけどね、それを『フェルミ推定』っていうんだ」

「フェルミ？」

「イタリアの物理学者の名前だよ。フェルミは、ある日、こう思ったんだ。『シカゴには、何人のピアノの調律師《ちょうりつし》がいるんだろう？』って。そして、それを計算してみせたんだよ」

「計算で、わかるの？」

「そうなんだ、アン。おもしろいだろう？　この『フェルミ推定』を使えば、宇宙にある星の数だけじゃなくて、そうだなぁ、たとえば、東京に何匹飼い犬がいるのかっていう予想もできるよ」

「えっ、犬の数？」

わたしが驚《おどろ》くと、お兄ちゃんはカバンからボールペンを取り出して、歩きながらノートに計算式を書き出した。

「東京都民の数が、ざっと千三百万人として、一世帯あたり、平均三人住んでいるとすると、都内には、約四百三十万世帯があるってことで、そうだなぁ、まあこの中の十軒に一軒が犬を一匹飼っていたとしたら、ほら、東京ではざっと四十三万匹の犬が飼われているって計算になる。合っているかどうかは別としてね」

「科学者って、ずいぶん、余計なことまで計算できるんだね」

わたしが、からかうように言うと、お兄ちゃんはノートでわたしの頭を軽く叩《たた》いて笑った。

「ね、お兄ちゃんって、将来、何になりたいわけ？」

そういえば、一度も聞いてみたことがなかったなとわたしは思った。

「将来かぁ」

お兄ちゃんはまた、親指であごをさすった。そして言った。

「わからない」

「わからないの？」

「わからないけど、もちろん、宇宙の仕事をしたいとは思ってる」

「宇宙の仕事って？」

「そうだなぁ。たとえば大学の友達の中には、天文台の職員を目指してる奴がいるよ」

「へぇ」

「でも、一般的に宇宙の仕事っていうと、大きくふたつに分けられてね、ひとつは宇宙開発の仕事。ロケットを作ったり、人工衛星を作ったり、その運用をしたり」

「あとのひとつは？」

「天文学者」

「って何する人？」

「宇宙がどうなっているのか、星はどうやって生まれるのか、そういう基礎研究をするんだ」

「わたし、お兄ちゃんは、天文学者向きだと思う」

「うん、俺もそう思う」

お兄ちゃんなら絶対なれるよと言うと、お兄ちゃんは少し照れくさそうだった。

「だけど、お兄ちゃんは友達と仲がいいよね」

「どういうこと？」

「だって、ほら、研究者みたいな人たちって、白衣着て、部屋でひとりで研究してて、ヘンクツで誰ともしゃべらないんでしょう？」

お兄ちゃんは、また笑った。

「『バック・トゥ・ザ・フューチャー』のドク博士みたいにかい？　さぁ、どうだろう、そういう研究者もいるとは思うけど、実際はそうでもないんじゃないかなぁ。今は、実験や研究で巨大な装置《そうち》を使うことも多いし、ひとりじゃ大変だろう？　というか、無理な面も多いと思うよ。みんなと協力しあって、研究するほうが成果も大きいんだ。それに、自分が気づかなかったことを、仲間のちょっとした言葉で思いついたりもするしね」

お兄ちゃんがそんなふうに考えているなんて知らなかった。急に、大人のように思えた。

「ねえ、お兄ちゃん。お兄ちゃんは、自分のこと大人って思う？」

「大人？　十九歳だから、一応、まだ未成年じゃないかな」

「大人になる瞬間《しゅんかん》って、なにか変わるものなのかな」

「瞬間かあ。どうだろう、瞬間的に大人になるってわけじゃないんじゃないか」

「そうだよね」

「そうさ。この地球だって、はじめから宇宙にぽつんとあったわけじゃないし、瞬間的にできたわけでもない。そもそも、宇宙そのものも最初は存在せず、無からはじまったって言われているんだから」

「宇宙、よく大きくなったね」

「アン、面白いこと言うなぁ」

お兄ちゃんは笑った。

お兄ちゃんの笑い声が好きだった。お兄ちゃんの笑い声を単語にするならば「真実」だと思う。嘘《うそ》のない笑い声だった。

「なぁ、アン。宇宙エレベーターって知ってるか？」

お兄ちゃんは、遠くの空を見つめながら言った。

「なにそれ」

「宇宙と地球を長い長いケーブルでつないで、エレベーターみたいに宇宙と地球を行き来しようって計画してる人たちがいるんだ」

「そんなの無理に決まってる」

「実現は不可能って言われてたんだけどね、でも、今朝の新聞にも載っていたけど、真面目に研究している大人たちがいるんだよ。NASAのホームページで、宇宙エレベーターの想像図も見られるんだから」

「すごいね、マンガみたい」

「なぁ、アン。そういうことを発想するのって、子どもの心の部分じゃないかって気がしないか？」

「子どもの部分？」

「全部が大人っていう人って、いないのかもしれないよ」

お父さんは大人になりたくないって思うことがあるって言っていた。四十七歳なのに。大人なのに。それを聞いたとき、わたしはなぜか嬉しいような気持ちになったのだ。

だけど、学校の先生やお母さんを思い浮かべると、あの人たちが子どもの心を持っているとは思えなかった。

「ねぇ、宇宙エレベーターっていつできるのかな」

「さあ、いつだろうな」

「乗ってみたいな。料金いくらくらいなんだろう？」

「どうだろうなぁ」

お兄ちゃんがアスファルトの上に落としている影《かげ》は、わたしの影よりずっと長かった。

「紫《むらさき》の夕焼けがあるってお父さんが言ったときのこと覚えてる？　わたしが小学生のとき」

「ああ、うん、覚えてる」

「お兄ちゃん、反抗期《はんこうき》だったよね、絶対。お兄ちゃんでも反抗してたんだよねぇ」

お兄ちゃんは困ったような、照れたような顔をした。「もう終わったの？」と聞くと「どうかな」と笑った。

次の角を曲がれば、もうすぐ家が見える。ふたりだと、うんと早く感じた。夕焼けも、あと少ししたら、秋の色になりはじめるのだろう。

四

体育祭が憂鬱《ゆううつ》だった。

騎馬戦《きばせん》とか、綱引《つなひ》きとか、二人三脚とか。そんなことで勝っても負けても、この先の人生にまったく関係ない気がする。

だけど、なくなればいいとも思わない。ないより、あったほうがいい。少なくとも、明日の体育祭に限っては。

「ね、アンナ、どうする？　明日」

理科の授業中、みずほが耳打ちしてきた。おととい クジ引きで席替えをしたら、奇《き》跡的《せきてき》にみずほが真後ろの席になったのだ。窓側じゃないのは残念だけど、廊下《ろうか》側の後方というのもかなりの幸運だと言える。

わたしとみずほは、今、真剣に悩んでいた。

「みずほは？　マスカラ、どうするの？」

からだを軽くひねって、みずほのほうを見る。理科の先生は今年やって来たばかりの新人で、「ミスター新人クン」などと呼ばれ、生徒たちからちょっとナメられている。ワッと驚かすと、飛び上がって木にのぼっていきそうな、小動物っぽい先生だ。教室のあちこちでみんなのおしゃべりする小声が森の落ち葉のように重なりあっている。

隣《となり》の席のサッチンと呼ばれている女の子が、机の下で爪を磨《みが》いているのが見えた。しゃべりやすいし好きな子なんだけど、サッチンと呼ぶほどは親しくなくて、いつも微妙《びみょう》なんだよなぁと思う。サッチンと仲良しのりさちゃんは、りさちゃんで済むけれど、サッチンのことをサッチンちゃんとも呼べず、かと言って丸岡さんというのもよそよそしく、教室での社交もいろいろと気を使うものだった。ちなみに、サッチン(ちゃん)は、わたしのことを、「小倉さん」ではなく「アンナちゃん」と呼ぶ。

「マスカラ、つけようと思ってる。でも、わたしが持ってるマスカラは、汗かくと黒い涙になっちゃうし、お母さんのを借りるつもりだけど……」

みずほは、ため息まじりに言った。

「わたしはマスカラはしないで、ビューラーであげるだけにするかも。でも、リップはちょっとだけつけようと思う」

「色が濃すぎなければ平気だよ」

本当はマスカラもしてみたいのだけれど、怖いのは、先生よりも一部の三年生たちだった。派手にすると、いつ目をつけられるかわからない。自分の教室の中にいるときは薄いピンクのリップをしていることもあるけれど、それ以外の場所ではティッシュで拭《ふ》いておくのが鉄則《てっそく》なのだ。

でも、でも、明日は、できればほんの少しメイクをしたかった。石森さんの中学最後の体育祭の日になるのだから。

石森さんは元男子サッカー部のキャプテンで、わたしが中一の夏からずっと片思いしている人だ。しゃべったことは一度もない。でも、今まで好きになったどんな男子より、わたしは石森さんが好きだと思う。

バスケ部の先輩たちが夏休みいっぱいで部活を引退したときは、心の底から嬉しかったけれど、同じ三年生である石森さんがサッカー部から姿を消してしまったことは悲しかった。もう石森さんのサッカーが見られないのだから。

放課後のグラウンドは、人数がやたらめったら多いサッカー部と野球部がその大部分に陣取《じんど》っている。バスケ部は少し離れている小グラウンドを使っていて、そこに行く途中、大きいほうのグラウンドの脇《わき》を通る。そのときに、わたしは石森さんを一目見ようと必死で姿を探していたものだった。

なのに、たいてい探し当てられなかった。サッカー部と野球部を取り囲むように、ハンドボール部、女子ソフトボール部、みずほがいる陸上部などが練習しているので、石森さんを見つけるのは一苦労だったのだ。立ち止まってゆっくり探すことができれば良かったのだけれど、バスケ部のコートまでは「絶対に走って行く」ルールがあるため、のんびりもしていられなかった。

石森さんと同じグラウンドを使っていたみずほが、うらやましかった。だけど、みずほが好きなのは陸上部の谷先輩だから、サッカー部の練習なんかまったく目に入らないと言っていた。

どちらにしても、わたしが好きな石森さんも、みずほが好きな谷先輩も、来年には高校生になってしまう。明日の体育祭が、彼らにとって中学生最後の体育祭になるのだ。

だから、少しでもかわいくしていたい。たとえ、石森さんが、わたしのことに気づいてくれる確率がゼロに等しいとしても。

「ね、アンナ、アイライナーどうする?」

背後から話しかけてきたみずほの声が運悪くよく響《ひび》き、「いい加減《かげん》にしろよな!」

とミスター新人クンが、わたしとみずほを睨《にら》みつけ、教科書を教壇《きょうだん》にバサッと投げた。

怒ってもまったく迫力のない先生が気の毒だった。

ちょうど授業の終わりを知らせるチャイムが鳴り、教室にみんなの大きなため息が響いた。

放課後という字のごとく、わたしたちは、一応、ここで、放たれるのだ。

どこに？

放たれた後も、大人が築《きず》いた世界の中だった。まだ十四歳のわたしたちが作ったものなんか、ひとつもないのだ。

明日の体育祭の準備のため、どの部活も今日は休みだった。

体育祭実行委員になれば、先生からの評価があがって高校受験に有利と噂《うわさ》されていて、今年はみずから立候補している子がいた。一年生のときは、クラスの誰もが面倒くさがってクジ引きで決めたというのに。

体育祭実行委員になると、今日はこれからグラウンドのライン引きとか、用具の準備などひと仕事である。本当にやりたいと思っている子は、たぶん、ほんの少し。部活だって、そういうところ、あると思う。内申書にプラスになるとささやかれているので、いやいややっている子は少なからずいる。わたしだってバスケットは好きだが、毎日毎日っていうのは、正直うっとうしい。今日みたいに、雨でもないのに部活が中止の日はのびやかな気持ちになる。

帰りにみずほと、駅ビルにあるショッピングセンターで新しいリップを買った。そして、割引券を利用して、ドーナツをふたつずつ食べた。もっとおこづかいがあれば何個だって食べられそうな気がするとみずほが言っていたが、まったくその通りだと思う。

ドーナツを食べ終え店を出たところで、わたしたちはひとりのおばさんに声をかけられた。おばさんは、「あの、すみません、ちょっと」と言い、とても真剣な顔をしていた。お母さんよりも年上で、しっかりと化粧をして、肩にグレーのストールを巻き、ベージュのスカートをはいていた。黒いハンドバッグを胸のところでぎゅっと抱えている。どこがというわけではないのだけれど、お金持ちそうな人だ。

「はい？」

みずほが言った。

「あの、お願いがあるんですけどいいでしょうか」

おばさんは言った。

「なんですか？」

みずほが言った。

「あるところに電話をかけていただきたいの」

「電話？」

わたしは、おばさんの暗い表情がおっかなくて、かかわらないほうがいいよという意味で、みずほの肘《ひじ》のあたりをぐいっと押した。

しかし、こんな状況をみずほが見逃すはずがなかった。みずほは、何がはじまるんだろう？という好奇心《こうきしん》に胸を躍《おど》らせているようだった。

おばさんは言った。

「電話をかけていただきたいんだけど、お願いできるかしら？」

「どこに？」

みずほが言った。

「夫の会社が、ほら、あそこ、あのビルの三階にあるんですけどね、そこに電話をかけて、今、夫が会社にいるかどうかを確かめていただきたいの」

おばさんは、駅向こうの建物を指さした。古いすすけたビルだった。

「おばさん、自分ですればいいじゃない」

みずほが言った。

「だめなの、わたしじゃ。受付の子には声がバレちゃってるの」

「ふうん」

「ただ電話をして、サイトウ部長お願いしますって言ってくれればいいの。サイトウ部長がいるってわかれば、すぐに電話を切ってくれていいの。やっていただける?」

「いいけど、わたしの携帯からじゃ嫌っていうか……」

「ええ、それは。公衆電話からかけてください。テレホンカード、持ってますから。おはずかしい話なんですけどね、サイトウ部長って、わたしの夫なんです。今、浮気してること、わたしにはお見通しなんですよ。でも、本人はしていないって言い張っていてね、それで、今夜も残業とか言ってるんですけど、絶対に会社にはいないはずなのよ。この時間には、とっくに女のところに行ってるんですからね。それを確かめていただきたいの。だから、ちょっと会社に電話をかけてみてくださらないこと? いないか、いるかわかればいいの。お願いできるかしら?」

みずほは、わたしに小声で言った。

「やってあげようよ、困ってそうだし」

もう明らかに、楽しんでいる。

わたしたちは、三人で近くの公衆電話に行った。おばさんがみずほに手渡したテレカには、二匹の子猫が仲良く並んでいる絵が描いてあった。

「なんて言えばいいんでしたっけ？」

みずほが改めて確認すると、「サイトウ部長お願いします」とおばさんは言い、電話番号が書いてあるメモを手渡した。

みずほは、「公衆電話使うの、生まれて初めて」と言った。わたしは、小学生のときに一度だけ、使ったことがある。

みずほは、受話器を持ち上げてダイヤルを押しはじめた。おばさんがごくんと唾《つば》を飲んだ。わたしは、門限が気になって仕方がなかった。

電話がつながったらしく、みずほは、「あの、えっと、」と言い、受話器を押さえて「サイトウだっけ？」とおばさんに言い、おばさんは無言でうなずいた。この状況だけで、すでに失敗しているよ！　と、わたしは思ったのだけれど、おばさんは、特に気にとめていないようだった。みずほは「サイトウさんいますか？」と言い、ああそうですか、ありがとうございました、と受話器を置いた。そして、おばさんに「でかけてるって」と告げると、

「ああ、やっぱりね、そうだと思った。わたしの思ったとおり。やっぱり浮気よ。どうもありがとうございました、お礼にそのテレホンカード差し上げるわ」

そう言って、とっとと歩いて行ってしまった。

わたしたちは、ぼんやり、おばさんの後ろ姿を見送っていた。

みずほは言った。

「電話に出た女の人ね、ああ、またかって声だったよ。あのおばさん、しょっちゅう、こういうことしてるのかもね」

「なんか……気の毒だね」

「だよね。どうでもいいけど、テレカって、使わないよね。あのおばさん、お礼にお金くれるかと思った」

わたしも、少しそんなことを期待していたのだが、それは口には出さなかった。

家に帰るとカレーの香りがただよっていた。恋をすると食欲がなくなるなんて本当なのだろうか？　カレーを前にすると、わたしのお腹は、石森さんのことも、さっき食べたドーナツのことも忘れてぎゅるぎゅると鳴ってしまう。さっきのおばさんは、今ごろ、家でひとり、ご飯を食べているのだろうか。

七時半ごろ、お兄ちゃんが帰ってきた。

お兄ちゃんは「ただいま」も言わず、ぼんやりとした顔でリビングのソファに座った。いつもと何かが違っていた。

「お兄ちゃん、なんか暗いよ」

話しかけても返事をしない。というより、まるでわたしの声が聞こえていないみたいだった。

「お母さん、お兄ちゃん、なんか変だけど」

キッチンにいるお母さんに小声で伝える。

「なにが？」

「なんにもしゃべらない」

「しゃべらないって、いつもあんまりしゃべらないでしょう。宇宙以外のことは」

「ううん、違うの。なんか、ぼーっと上を見たままなんだよ。それに、手も洗わないし、うがいもしてないよ」

「えっ」

お母さんは慌《あわ》てて、リビングに行った。お兄ちゃんはいつも通りにものごとを進めるのが好きだから、外から帰って手を洗わないなんて、まず、あり得ない。

「どうしたの、一樹」

お兄ちゃんは、お母さんの声にもほとんど反応しなかったけれど、なんとか天井を見つめることはやめてくれた。魂《たましい》が宇宙の果《は》てまで飛んで行ったみたいな眼差《まなざ》しだったから、戻ってきてくれてホッとした。

「母さん、今日は晩ご飯、いらないから。何も食べられそうにないんだ」

お兄ちゃんは言った。

「どこか調子悪いの？　牧野さんに診《み》ていただこうか？」

牧野さんとは、近所の内科・小児科の病院のことだ。

「大丈夫、どこも具合は悪くないんだ。ただ」

「ただ？　ただ、なんなの？」

お母さんは泣きそうな顔でお兄ちゃんを見つめている。

「ただ、胸がいっぱいなだけなんだ」

そう言ってお兄ちゃんは立ち上がり、自分の部屋に上がって行った。

お母さんは、サラダを作っている最中だったので、右手にプチトマトのパックをにぎったまま立ち尽《つ》くしている。

「なにかしら、一樹、どうかしちゃったのかしら」

「さあ、でも、なんか怖かったね」

「怖いとか言わないでよ、アン。お母さん、本当に怖くなってきちゃうから。どうしよう、お父さんに電話したほうがいいかしら……」

お母さんは完全に動揺《どうよう》している。ここはわたしがしっかりしなくては。

「もうっ、お母さん、落ち着いてよ。お兄ちゃん、今、胸がいっぱいって言ってたよね。ひょっとしたら恋してるのかもしれないよ」

「恋？」

「そうだよ、お兄ちゃんだって恋くらいするよ、たぶん……。それで、胸がいっぱいでご飯も食べたくないいんじゃない？」

「そう、なのかしら……」

お母さんは納得できないようで、だんだん青い顔になってきている。

お母さんはお兄ちゃんのこととなると、いつだってオロオロしてしまう。きっと、家族の誰よりも頭がいいお兄ちゃんのことが、よくわからないのだろう。

お兄ちゃんは高校三年間、ずーっと学年トップクラスの成績だったらしい。そして大学では、むちゃくちゃ難しそうな物理の勉強をしているのだ。親戚《しんせき》が集まると、

「一樹ちゃんは誰に似たのかしらねぇ」などと、いつもお父さんとお母さんはからかわれている。

前に、お兄ちゃんがアメリカからの留学生をうちに連れてきたことがあったのだが、

そのとき、お兄ちゃんが英語をペラペラ話しているのを聞いて、お父さんもお母さん

もわたしも本当にびっくりしてしまった。お兄ちゃんが外国の人のように見えたから。

スキヤキを食べながら、わたしは、自分がお兄ちゃんの妹であることが謎《なぞ》だと思った。

「ね、アン、ちょっとお兄ちゃんの様子、見てきてくれない？　お願い」

お母さんはソファに力なく座り込んだ。頼まれなくても、行こうと思っていたとこ

ろだった。

「お兄ちゃん？」

ドアの前で声をかける。返事はない。

「お兄ちゃん、入っていい？」

やっぱり返事はない。屋上で星を見ているんだろうか。

「開けるよ、開けるからね」

そう言って中に入ると、お兄ちゃんはベッドに寝転んで天井を見ていた。

「お兄ちゃん？」

お兄ちゃんは、深い深いため息をついた。そして、ポツリと言った。

「素晴らしいことなんだ」

素晴らしい？

一体、なんの話なんだろう。お兄ちゃんは、今度はささやくように言った。

「素晴らしいことなんだ」

「なに、なんのこと？」

「アン、知ってるかい？　今日、日本人がノーベル賞を受賞したんだよ」

「ノーベル賞？」

「三人の日本人がノーベル物理学賞をもらったんだ」

「そう、なんだ。なんか発明したの？」

「発明かぁ」

お兄ちゃんは大きく息を吸い込んで、吸ったぶんよりも多い気がする長い長い息をはいた。

「発明っていうより、発見なんだよ」

「なにを発見したの？　物理学賞ってことは、お兄ちゃんが勉強している宇宙にも関係があるの？　新しい星でも見つけたの？」

「宇宙の」

「宇宙？」

「宇宙のなりたちを発見したんだよ」

「なりたち？」

「仕組みってことかな」

お兄ちゃんはベッドに寝転んだまま、両手をお腹にのせている。わたしはお兄ちゃんの部屋のクルクルまわる椅子に腰掛《こしか》けた。

「簡単に説明できないくらい難しいことなんだけど、宇宙の仕組みについて彼らはとても大きな発見をしたんだ」

お兄ちゃんにはめずらしく、簡単に説明できないなんて言っている。それは、よっぽどすごい発見なのかもしれない。

「いや、簡単に言うとすると、俺たちが一体何からできているのかっていう謎に近づいたってことかな」

「何からできているかって、血とか骨とか筋肉以外にってこと？」

「そう。血とか骨とか筋肉よりももっと前のこと。俺たちというより、宇宙そのものが、何からできているのかという謎に、少し近づいたんだよ」

「それがわかると、なんの役にたつの？」

「そうだなぁ、役にたたないかもしれないし、わからない」

「でもノーベル賞もらえるんだ」

「そうさ、それが素晴らしいんだ」

お兄ちゃんは、そっと目を閉じた。

「なぁ、アン。ガリレオは、四百年も前に、もう望遠鏡で宇宙を見ていたんだ。人間が、宇宙の仕組みを知りたいと思う気持ちって、すごいって思わないかい？　宇宙から見れば小さな小さな俺たちが、壮大《そうだい》な宇宙の姿を確かめようとしつづけているんだから。宇宙の謎がほんの少し解けたからって、役にたつかどうかはわからない。でも、役にたつとか、たたないとか、そういうことだけじゃなくて、知りたいという気持ちを、尊《とうと》いものだと思えることが素晴らしいんだよ、アン。だから、ノーベル賞は素晴らしいんだ」

お兄ちゃんは、いっきにしゃべった後、ゆっくりと目を開いた。

「アン。宇宙のことを勉強しているとね、宇宙はずっと前から俺たち人間の登場を知っていたに違いないって、なんだかそういう気持ちになることがあるんだよ。だけど、今は、いろんな偶然《ぐうぜん》がいくつもいくつも重なって、自分がここにいるんだって気がするんだ。それは、運命に劣《おと》らないことだとも思うんだよ」

こんなに興奮《こうふん》しているお兄ちゃんを見るのは初めてだった。

そして、お兄ちゃんの話を聞いていると、だんだん自分のことが、とても立派な存在のように思えてきた。

わたしは、自分が宇宙に約束されてここにいるって考えるほうが、カッコいい気がした。すべてのことが、運命によって決定されているのだと思いたかった。だって、だって、そのほうが断然、ロマンチックだから。

「アン、母さんに心配ないって言っておいてくれないか。ただ、今夜はとてもいい気分だから、ここで静かにしていたいんだ」

「うん、わかった。お母さんには言っておくから」

わたしはお母さんになんて言おうか迷ったけれど、こう説明した。

「お兄ちゃん、日本人がノーベル賞をとって胸がいっぱいなんだって」

「ノーベル賞？　なによ、もうっ、そんなことくらいでびっくりさせて」

お母さんは拍子抜《ひょうしぬ》けしたようで、反対にムッとしはじめた。

「でも、すごい賞なんでしょ？　ノーベル賞」

「そうねぇ、そりゃあ、すごいんじゃないかしら。確か、川端康成ももらったはずだから」

　お母さんは、知ったかぶった調子で言った。

　川端康成？

　よくわからないけれど、今回は賞の分野が違うような気がする。少なくとも、川端康成は宇宙の発見はしていないと思うから……。

「今日の人たちは、宇宙のことでノーベル賞をもらったらしい」

「あら、そうなの？　ああ、だから一樹も興奮《こうふん》しちゃったのね。やっぱりあの子も宇宙の勉強をしているだけに、そういう賞が欲しいのねぇ」

　お母さんは、キッチンに戻ってすっかり落ち着いた様子だった。

　でもね、お母さん。それはたぶん、ううん、絶対に違うと思う。お兄ちゃんはノーベル賞を目指して宇宙の勉強をしているんじゃないと思う。

　お兄ちゃんは、知りたいんだ。真実を確かめたいと思っているんだ。その気持ちがお兄ちゃんを動かしているのだとわたしは思った。

体育祭当日。秋晴れ。

わたしは朝からビューラーで睫毛《まつげ》をぐいっと上げて家を出た。昨日買ったピンクのリップは学校に着いてから塗るつもりだ。ジャージで登校するのは、うっかり制服に着替え忘れたみたいな愉快《ゆかい》な感じだ。

朝の教室は、いつもより落ち着きがなかった。体育祭なんか面倒くさいって言っていたわりには、みんなちょっとわくわくしているみたいに見える。

仲間はずれになっていたノダッチは、最近、また、もとのグループの子たちとしゃべるようになっていて、気をつかいつつ一緒にいるようだった。ひとりぼっちじゃなくなって良かったけれど、でも、わたしは、あの子たちにされたことを、ノダッチが心の中では許さなければいいのにと思う。

みずほは、お母さんのマスカラをこっそり借りたおかげで、いつもより目がぱっちりしていた。一重の目が嫌だってみずほは言うけれど、長くて、量もたっぷりあるみずほの睫毛が、わたしにはまぶしかった。結局のところ、二重といっても、わたしのは奥二重なのだし。

「アンナ、絶対に撮ろうね」

「うん、がんばろう」

今日の第一目標は、走っている石森さんと、谷先輩の写真を携帯《けいたい》のカメラで撮ることである。お互いが協力しあって、なんとか、一枚でもいいから彼らを写そうと意気込んでいるのだ。

だけど、それは、決してたやすいことではなかった。学校では携帯電話は禁止になっている。万が一、先生に見つかったら確実に没収《ぼっしゅう》である。そして、親が学校に呼び出されるのだ。

うちの場合、お母さんに携帯が渡ったところで、すぐに返してはくれると思う。塾の日など、持っていないとあぶないってお母さんが言っているくらいだから。

ただ、体育祭の今日、先生に見つかって没収になると、石森さんの写真が撮れなくなってしまう。それだけは避けたかった。なんとか先生に見つからぬよう撮影するつもりだ。

校内放送があり、全校生徒がグラウンドに放り出された。そして、ダラダラとした入場行進、校長先生の暑苦しい開会のあいさつ、けだるいラジオ体操が終わると、いよいよ体育祭のはじまりである。

しょっぱなから、二年生による二人三脚で、わたしは転んで左手の親指の付け根のあたりを擦《す》りむいた。ペアを組んだ佐藤さんは、膝《ひざ》こぞうにかすり傷。そのわりにビリにはならず、追い上げて五組中三位になった。ちょっと嬉しかった。

いや、そんなことはどうでもよくて、今日、なによりも重要なのは石森さんの写真なのである。

去年の夏のこと。

バスケの練習が終わり、水筒を忘れたわたしは冷水機の水を飲むために順番を待っていた。すぐ後ろに並んでいたのが石森さんだった。

わたしは自分の後ろに男子が並んでいることに緊張してしまって、のどがカラカラだったにもかかわらず、一口飲んですぐにみんなのところに行こうとした。

すると、

「ゆっくり飲みなよ」

後ろからやさしい声で石森さんに言われたのだ。ゼッケンの名前の色で学年がわかるようになっているから、二年生だってことはわかった。わたしは慌《あわ》ててもう一口水を飲んで、その場を立ち去ったのである。

そのときから、わたしはずーっと石森さんだけに片思いしている。

石森さんは結構、女子に人気があって、噂《うわさ》では隣《となり》の中学のものすごい美人とつきあっているらしい。わたしには手の届かない人だ。でも、恋するこの気持ちは誰にも止められないのだ！

三年生男子の棒倒しでは、人数が多すぎて石森さんを探せなかった。みずほの愛しい谷先輩は、わりと近いところで戦ってくれていたおかげで、簡単に撮影に成功した。わたしが撮った谷先輩のベストショットに、みずほは半泣きになって喜んでいた。

しかし、石森さんの写真は、その後の騎馬戦《きばせん》でもムカデ競走でも撮ることができず、あっけなく午前の部は過ぎてしまった。

そして、昼食をはさんで午後の部。

三年生の百メートル走が最大のチャンスである。

わたしもみずほもトイレに行くふりをして、百メートル走のスタート地点に接近した。ハンカチに包んだ携帯は常にカメラモードにしてあり、いつでも石森さんを写す準備は万全である。

「アンナ、いよいよ、次、石森さんだね」

「うん」

「わたしもがんばって写すからね」

「ありがとう、みずほ、頼む！」

一年生の席の脇《わき》のほうからじわじわ前に出て、わたしとみずほは絶好の撮影ポイントに陣取《じんど》った。

青空の下、パンッと乾《かわ》いたピストルの音がして、石森さんはスタートした。石森さんはほかのどの走者より輝いて見えた。

そして、さあ、今がシャッターチャンスだ、という瞬間、あろうことか、みずほが携帯を地面に落っことしたのだ。みずほのピンクの携帯は、砂埃《すなぼこり》の上をごろりと転がり、それを拾ってくれた親切な人は……生徒指導の先生だった。

わたしたちは、すみやかに体育祭本部のテントへと連行され、ふたりとも携帯は即《そっ》刻《こく》、没収されたのだった。


体育祭の帰り道、みずほは「ごめんね」を百回くらい言っていた。

過ぎてしまったことは仕方がない。お母さんにはねちねち言われるだろうが、やり過ごすしかあるまい。

「気にしなくていいって。まだ文化祭っていう手もあるんだから」

わたしは明るくみずほをなぐさめた。

でも、内心、谷先輩の写真を手に入れたみずほのことがうらやましかった。そもそも、谷先輩と同じ陸上部のみずほは、部活のときに何度も先輩としゃべったことがあるのだから、わたしの片思いとは比べものにならないのだ。わたしと石森さんとの接点は、唯一、冷水機の前で「ゆっくり飲みなよ」と言われたあのときだけ。わたしは、一言も発することができなかったのだから。

みずほと別れ、家に帰ると、お母さんが焼肉の準備をしていた。

携帯電話のことはまだ連絡がいっていないようで、怒っている気配はない。しかし、いずれバレることになっているわたしの未来は、着々とその準備を進めているはずだった。

「おかえり、手、洗ってきなさい」

「うん」

水で顔を洗ったら、洗面所の白いシンクに運動場の土がマーブル模様となって流れていった。冷蔵庫の冷えた麦茶を立ち飲みしていると、お母さんが言った。

「今日ね、パートの帰り、自転車で中学校まで行ったのよ」

「なんで？」

「なんでって、アンが運動会でがんばってるのかなぁと思って」

「運動会じゃなくて、体育祭って言うの、中学は。それに、見に来ないでって言ったじゃない」

「近くまで行っただけだって。外から見えないかなと思って。でもぜんぜん見えなかったわ」

「当たり前だよ、あんな高い塀《へい》があるんだから」

「だからすぐ帰ったの。でも、見に行っているお母さんたち結構いたんじゃない？　校門から入っていく人、たくさん見かけたわよ」

「いるけど、いいの、見なくても」

「わかってるわよ」

お母さんはそう言って残念そうにしていた。お母さんが塀の外にひとりでいた姿を想像したら、鼻の奥がツンとした。わたしの体育祭なんて、たいしたものでもないのに。

テーブルに野菜を並べながらお母さんは言った。

「昔ね、アンが幼稚園《ようちえん》の運動会で、みんなと踊っていたのを見てね、お母さん、泣いちゃったのよ。ああ、この子も、こういうことができるようになったのかって。ついこの前まで赤ちゃんだったのに、すごいなぁ、すごいなぁって思ったら涙が止まらなかったの」

学校にいるときの自分を親に見られるのが恥ずかしい。だから、絶対に来ないようクギをさしていたのだけれど、そーっとなら見てもいいって言ってあげれば良かったかなと思った。

来年は、中学最後だし見に来てもいいよ。

そう言おうとしたら、玄関でお父さんが帰ってきた音がした。

「アン、お父さん帰ってきたから、お兄ちゃん、呼んで来てくれない？」

「うん」

三階に上がり、お兄ちゃんの部屋に声をかける。

「お兄ちゃん、ご飯だよ」

中から「アン、ちょっとおいで」という声が聞こえた。ドアを開くと、お兄ちゃんはパソコンの前に座っていた。

「ほら、アン。この前話してた宇宙エレベーターのイラストだよ。ちょうど、今、NASAのホームページ見てたんだ」

パソコンの画面をのぞくと、思っていたよりリアルなイラストが載っていた。まるで完成した宇宙エレベーターを誰かがスケッチしたみたいだった。

「結構、ちゃんとしてるんだね。もっと簡単な図かと思ってた」

「うん」

説明の文字は、すべて、びっしり英語だった。

「お兄ちゃん、これ全部読めるの？」

「なんとか」

「なんとか」なんて謙遜《けんそん》しているけれど、たぶん、すらすら読めるんだと思う。お兄ちゃんは、もういつものお兄ちゃんに戻っていた。

「今日さ、学校で先生に携帯取り上げられたんだ」

「なんで？」

「禁止されてるから。ついてないよ」

「取り上げられたまま？」

「返ってくるよ。お母さんを経由してだけど」

ふたりでニヤッと笑った。

兄妹って、こういうとき、いいなと思う。お母さんがプンプン怒っている顔を、お兄ちゃんも想像したのだ。ニヤッだけで、お兄ちゃんの「アン、気の毒に」っていう声が聞こえてくるようだった。

「なぁ、アン、知ってるか？　地球に衝突《しょうとつ》する可能性がある小惑星《わくせい》って結構あるんだよ」

「そうなの？　危ないね。それ、何個くらいあるの」

「何個くらいだと思う？」

「うーん、わからない。三個くらい？」

「千個近くだよ」

「えっ」

「地球に接近する軌道《きどう》にある天体は、千個近くあるんだ。衝突する可能性は極《きわ》めて低いんだけどね。でも、運よく今日は無事だったけど、いつ軌道が変わって小惑星が地球に飛んでくるか……」

「それって、かなり怖いね」

「そうさ。だから、ついてたんだよ、アン。携帯電話は没収《ぼっしゅう》されても、アンはついてたんだ。今日、俺たちの地球に、ほかの小惑星は衝突しなかったんだから」

お兄ちゃんのたとえ話は、規模《きぼ》が大きすぎて、ときどきどう対処していいかわからない。

でも、そう言われればついていないこともなく、石森さんの写真は撮れなかったけれど、石森さんもわたしも、この地球で無事でいたのだ。小惑星に激突《げきとつ》されずに。

「お兄ちゃん、今日は焼肉だってさ」

そう言った瞬間、二階からお母さんの怒った声が聞こえてきた。

「アンっ、ちょっと降りて来なさい！」

携帯のことで先生から電話があったのだろう。お兄ちゃんとわたしは、再び顔を見合わせてニヤッと笑いあった。そして、やっぱり、今日はちょっとついていないなとわたしは思った。

五

ある夜のこと。

「アン、ニュース、見たかい？」

大学から帰ってきたお兄ちゃんは、玄関からバタバタと突進してきた。ニュースは見ていないけれど、お兄ちゃんのニュースは、宇宙関係と決まっていることだけは確かである。

お兄ちゃんがしているマフラーは、わたしが小六のときのクリスマスにプレゼントしたものだ。濃《こ》い茶色で、両端《りょうはじ》にクリーム色のラインが入っている。学校の手芸クラブで教わって、わたしが生まれて初めて編んだマフラーだ。先生に手先が器用だと誉《ほ》められて、自分でもなかなかの出来だと思っている。

マフラーには、もう毛玉ができている。そろそろ寿命のような気がするけれど、お兄ちゃんはまったく気にならないらしく、当然のように今年も巻いてくれている。

「ニュースってなに？」

「ほら、これこれ」

テレビでは、日本人女性が宇宙に行くというニュースが流れていた。

「へぇ、また行くんだ」

「女性は二人目だよ。日本人としては七人目だ」

これだけ言うと、お兄ちゃんは洗面所に消えて行った。冬になると、お兄ちゃんの手洗い、うがいは、三倍念入《ねんい》りになる。

わたしはさっき、お母さんとふたりで晩ご飯を済ませて、みずほにメールをしているところだった。

お母さんは、お兄ちゃんのために味噌汁《みそしる》を温めなおし、ご飯を山盛りによそい、お皿のコロッケにソースまでかけてあげている。

コロッケのソースの量くらい、自分の好みはないのか？

お兄ちゃんは、「ありがとう」と言ってから、出されたものをロボットみたいに食べはじめた。お兄ちゃんの頭の中の八割は宇宙のことでうまっていて、あとの二割は宇宙に関係のあることで占《し》められているのだと思う。

だけど、ときどきは自己主張もしている。

昨日、大学から帰って来たお兄ちゃんは、

「悪いんだけど、こういう服は、もう買ってこないで欲しいんだ……」

とお母さんに言っていた。

お兄ちゃんが着ていたのは、濃紺《のうこん》のトレーナーだった。お母さんが買ってくるにしては無難《ぶなん》なほうなのに、お兄ちゃんはひどく嫌がっていた。大学の友達にからかわれて困るのだという。

「あら、そんなに変かしら？　このトレーナー」

お母さんは首をかしげていた。

「ねぇ、アン、お兄ちゃんの服、なんか変？」

お母さんに聞かれて考えていたら、お兄ちゃんが言った。

「読まれるんだよ」

「なにを？」

お母さんが言った。

「なにって、ほら、背中の英文を」

お兄ちゃんがくるりと背中を向けると、英語がプリントされていた。そういうデザインなのだ。

「読むって、このごちゃごちゃした英語の文章を？」

お母さんは驚いて言った。

「そう、これをね、読んで友達が笑って困るんだ」

「ねぇ、お兄ちゃん。それってなにが書いてあるの？」

「なにって言われても……」

「日本語にしてみてよ」

「いいけど、めちゃくちゃだよ」

お兄ちゃんはトレーナーを脱いで、本を読むように手に持った。そして読み上げた。

「われわれは、一緒に行こう。友達はよくできている。ポケットの中は幸せだった。ビルの屋上に空の果てがあるように、人生は楽しく、花は咲いていたかもしれない。夢は大きすぎ、われわれは、明日へ飛んで行く……」

お兄ちゃんは申し訳なさそうな顔をして、

「母さん、英語の服はちょっと困る」

と言っていた。宇宙以外のことにも、一応意見はあるようだ。そして、洋服の英語がすらすらと読めてしまうお兄ちゃんの周りにいる人々のすごさを思った。

みずほからメールが届く。今、やっと家庭教師の先生が帰ったところで、大量の宿題を出されたと嘆《なげ》いている。ついさっきのメールは、家庭教師がトイレに行っている隙《すき》にこっそり送ってくれていたのだ。

　家庭教師はきれいな人らしく、みずほのお父さんは、先生が来る火曜日に限って、やけに仕事から早く帰ってくるのだそうだ。

「なぁ、アン、宇宙に行ったとしたら、なにがしたい？」

　コロッケを頬張《ほおば》りつつ、お兄ちゃんがしゃべりかけてきた。みずほにメールを返しながら考える。

「うーん、取りあえず、月に行くかな」

「それで、なにする？」

「なにって、月に行ったんだから、やっぱり歩くんじゃない？　ふわん、ふわんって、無重力歩行だよ。それから記念撮影して、月の砂を思い出に持って帰る」

「高校球児みたいにかい？」

「そう。それでネットで売る」

　お母さんが会話に参加してきた。

「あら、お母さんは歩くより、なんにもないところですいすい泳いでみたいわ。ほら、平泳ぎとかして。地面なんか、地球にもあるんだし」

「でも、泳げないから前に進めないんじゃない？」

わたしは言った。

「あら、アン、失礼ね。別に、わたし、トンカチじゃないのよ。二十五メートルはちょっと無理だけど、半分までなら泳げたんだから。それに、宇宙なら沈むことはないんだし、泳げちゃうわよ、すいすいーっとね」

わたしはお母さんが宇宙で泳いでいる姿を想像し、あんまりロマンチックじゃないなと思った。そして、トンカチではなく、カナヅチだよ！と心の中でつっこんだ。

「お母さんね、宇宙遊泳《ゆうえい》しながら、地球をながめたいわ、素敵だと思わない？どう？一樹」

「うん、いいね、すごく」

お兄ちゃんは食べ物には無頓着《むとんちゃく》だけれど、並んでいるおかずを見事な配分で食べる。コロッケを先に食べ終えてしまうとか、ご飯があまって最後にお漬け物だけで食べるとか、そういうことは絶対になくて、ご飯ひとくち、コロッケひとくち、きんぴら少々、ご飯ひとくち、トマトひとくちと計画的に進んでいく。お兄ちゃんのおでこのあたりには、食事中の『お兄ちゃんロケット』を操縦《そうじゅう》するための小さな人が座っていて、お兄ちゃんが「ごちそうさま」と箸《はし》を置いた瞬間《しゅんかん》、わたしはいつも、「無事、着陸」と、その小さな人に報告されているような気分になるのだった。

「ね、お兄ちゃんは宇宙に行ったらなにがしたいの？」

「そうなんだ、それが問題なんだ」

お兄ちゃんは真剣な顔をした。

「今、そういうことを募集しているんだ」

「そういうことって？」

「宇宙でなにを試したいかってアイデアを、宇宙航空研究開発機構《きこう》が募集しているんだ。来年、国際宇宙ステーションに日本人も長く滞在《たいざい》するんだけどね、そこでどんなことを試して欲しいか一般公募しているのさ。新聞にもその記事が載っていたんだよ」

「一般ってことは、わたしも応募できるのかしら？」

お母さんが乗り気になっている。

「もちろん、母さんも応募できるよ。アンだっていいアイデアを送れば採用されて、実際に宇宙で実験してもらえるかもしれない」

「はい！」

お母さんが手をあげた。

「洗濯《せんたく》ってどうかしら？　月に洗濯物を干したら、どれくらいの早さで乾《かわ》くか実験して欲しいわ」

「ちょっと庶民的《しょみんてき》すぎない？」

わたしが呆《あき》れていると、お母さんが付けくわえた。

「あら、アン、結構、大事なことかもしれないわよ。だって、ほら、これから先、地球になにがあるかわからないわけだし。いつか月に住むようなことがあったら、洗濯だってしなくちゃいけないじゃない」

「こういうのは無理だよね、ね、お兄ちゃん」

お兄ちゃんは、箸を置き、腕組《うでぐ》みをしながら下を向いている。

「宇宙で洗濯かぁ」

ふむふむと、うなずいている。

そういえば、どうなるんだろう？

「お兄ちゃん、月に洗濯物を干したらどうなるの？」

「そうだなぁ」

腕組みしていた手をほどき、お兄ちゃんは椅子に深く座り直した。

「月の一日は、地球の三十日だから、昼間が長くて洗濯もはかどるかもしれないよ」

お兄ちゃんの第一声を聞いて、お母さんは「あら、三十日は長すぎるわねぇ」と言った。

お兄ちゃんはつづけた。

「ただ、宇宙は真空《しんくう》だから、洗濯物は凍《こお》ってしまうかもしれないなぁ」

「真空だと凍るの？」

わたしは聞いた。

「真空だと、水はまず沸騰《ふっとう》するんだ。これは、気圧に関係した話なんだけどね、たとえば、富士山の山頂でご飯を炊くときは圧力釜《あつりょくがま》が必要って、アン、知っていたかい？山頂みたいに気圧が低いと、水の沸点《ふってん》は下がるんだ。つまり、一〇〇℃より低い温度で沸騰するってことだよ。逆に、圧力が高くなると、一〇〇℃を超えても沸騰しなくなる。圧力釜で料理をすると、早く煮えるのはこのためなんだ」

お兄ちゃんは、ご飯を食べるのも忘れて話している。

「話を戻すよ、アン。どんどん減圧《げんあつ》していくと、沸点も下がるんだ。そのうち、沸点が常温にまで達して沸騰する。そして、沸騰した水はすぐに凍ってしまうんだ。ちょっと難《むず》しいかもしれないけど……」

「洗濯物はカチカチに凍ってしまうの？」

「うーん、どうだろうなぁ。コップに入ったような水を真空状態にすると、沸騰して凍るんだけど、洗濯物みたいに少量しか水分を含んでいないような状態じゃ、水分は蒸発して、細かい霧状《きりじょう》になって、その霧が凍るような気がする。だから、ほら、洗濯物はフリーズドライ食品みたいな、あんな感じになってしまうかもしれないんだけど、やってみないとわからないなぁ」

とお兄ちゃんは言った。

「お兄ちゃん。なんか、きれいだね、洗濯物の霧《きり》が凍るなんて」

「アン、知ってたかい？　宇宙飛行士がおしっこを宇宙空間に放出すると、凍った霧状のおしっこがキラキラ輝《かがや》いて見えるそうだよ」

お兄ちゃんが言うと、お母さんがたしなめた。

「一樹、そういう話を食事中にしないの」

だけど、お兄ちゃんはまったく気にしていない。

「それに、洗濯物の色によっても、乾き方って違うんじゃないかなぁ、太陽の影響《えいきょう》をうけるし。白いものは、反射率《はんしゃりつ》が高いから温度が上がらず最初に凍る。黒いものは、反射率が低いから温度が上がって、すぐ蒸発しはじめる、ってことになるのかもね。どうせなら、月の夜明けの場所に干せば、太陽の熱もマシだから、干すならそこがいいかもしれないよ、母さん」

お兄ちゃんがこんなに真面目《まじめ》に答えているのを見て、お母さんは、鼻高々《たかだか》だった。

「ほら、アン。お母さんの質問、悪くないみたいじゃない？　このアイデアで、お母さん、応募してみようかしら」

するとお兄ちゃんが言った。

「でも、母さん。募集しているのは、十分程度で済む実験なんだ。これは、もう少し時間がかかりそうだね。しかも、今回は月には行かないんだよ」

わたしたちがそんな話をしていたら、お父さんが帰ってきた。出張のお土産は「萩《はぎ》の月」という、まるくて黄色いお菓子だった。

お父さんに同じ質問をしてみたら、

「実験もいいけど、月に行ったら、俺はとにかく何もせずに一週間くらい寝たい」

と言っていた。

「アンナ、行くだけ行ってみようよ。運良く会えたらラッキーと思ってさ。わたし、応援してるんだから」

体育祭で、石森さんの写真が撮れなかったことに責任を感じているみずほがしつこく誘うものだから、塾に行く前に、石森さんの家に行くことになった。といっても、ただ、石森さんの家の前を自転車で通り過ぎるだけなのだけれど。

石森さんにばったり会えたとしても、絶対に声なんか、かけられない。でも、学校以外の場所にいる石森さんを、ちょっと見てみたかった。

石森さんの住所は、みずほが陸上部の子から入手してきてくれていた。わたしの家からは、少し離れていて、みずほの家からは近いようだった。

わたしたちは、それぞれの自転車に乗り、石森家を目指した。わたしは、最近買ってもらった新品のスカートをはいてきた。丈《たけ》が短すぎると、お店でお母さんは渋い顔をしていたのだけれど、どっちにしようか迷っていたもう一枚のスカートの値段のほうが高いとわかると、「まぁ、若いんだし、そういうのもいいかもしれないわね」と、短いスカートで手を打ったのだ。

「たぶん、この並びの家だと思うんだけど」

みずほの自転車の後を追う。夕暮れの街の空には、カァカァとカラスが鳴く声が響き、どこかの家から、こうばしい胡麻油の匂いがしてきた。

表札《ひょうさつ》を確認しながら乗っているので、わたしたちは、のろのろ運転だった。

「3―15だから……あ、アンナ、ここだよ」

小声でみずほが指さした家の表札には、石森と書かれてあった。胸が、苦しいくらいにバクバクしている。

うちより古いけれど、うちより少し大きな家だった。白い塀の向こうには、低い木が植えられていて、二階のベランダには洗濯物が干してあった。石森さんがいつも着ていたジャージが物干竿《ものほしざお》にかかっているのを見て、わたしの胸はさらに高鳴った。

石森さんの家を通り過ぎたわたしたちは、三十メートルくらいしたところで、もう一度引き返してみることにした。石森さんの家なのだと思うと、とても特別な建物のような気がした。わたしは、わたしのためにこんなことにつきあってくれている、みずほのやさしさが嬉しかった。

再び石森家を通り過ぎようとしたときに、家の中から石森さんの声が聞こえてきた。

その声は、「お母さん！　ちょっと、待ってよ」と言っていた。

わたしとみずほは、顔を見合わせ、無言のまま、大通りへと出た。そして、近くのコンビニの前に自転車をとめた。

「さっきの、石森さんの声だよね」

みずほが言った。

「うん……、石森さん、きょうだいは、お姉ちゃんがいるだけだから」

わたしは力なく答えた。「お母さん！　ちょっと、待ってよ」と言っていた石森さんの、その子どもっぽい口調がショックだった。もっと、クールな人だと思っていたから。

「良かったね、アンナ、声、聞けて」

みずほは努めて明るく言ってくれていたけれど、たぶん、似たようなことを感じていたに違いない。

わたしは、石森さんを好きだった自分の気持ちが、ほんのちょっとだけしぼんだように感じた。だけど、みずほにそれを言うのはしゃくにさわり、「うん、ありがとう」と笑って言った。

文化祭は、クラス単位で、合唱、楽器の演奏、お芝居のどれかを選ぶことができる。

一年生のとき、わたしのクラスは合唱だった。「賞なんかもらっても仕方がないよね」。みんな最初のうちは、そんなことを言い合ってダラダラ練習していたのだけれど、文化祭当日にはすっかりテンションがあがっていて、「他のクラスには絶対負けたくない！」と、闘志《とうし》を燃やしていた。準優勝と言われた瞬間、体育館で泣きだした子もいて、それは大袈裟《おおげさ》なんじゃないか？　と見ているわたしのほうが照れくさかったけれど、でも、なんかこういうのも悪くないなと思ったのだった。

今は六時間目。文化祭のための話し合いが行なわれている最中だ。学級委員の秋山君と真下さんが教壇《きょうだん》に立って司会進行をしている。

多数決で、わたしたちのクラスは合唱にエントリーすることになった。合唱は毎年希望するクラスが多く、たぶんクジ引きになるはずだった。クジ引きに外れると、応募が少ないお芝居にまわされるので、ある意味、賭《か》けとも言える。お芝居はいろいろと準備が大変そうなので人気がないのだ。去年、お芝居だったみずほは、「二度とやりたくない」と言っていた。

次の議題《ぎだい》として、黒板には、チョークで「花束贈呈《ぞうてい》係・一名」と書かれてあった。

「誰かやりたい人いませんか？」

秋山君が言う。

手をあげる人がいないので、さっきから困った顔をしている。

文化祭の最後は、毎年、プロのピアニストによるミニコンサートと決まっていた。ピアニストは、いつも同じ人で、もうすっかりおじいさんなのだけれど、外国の大きな賞をいくつももらっている有名人らしい(一年のときに見たけれど、知らない人だった)。そのおじいさんに、演奏の後、花束を贈呈する係を決めているところだった。

「誰かやりたい人いませんか? 一生の思い出になりますよ～」

真下さんが、少しふざけた口調で言うと、小さな笑い声が起こった。

「じゃんけんで負けた人でいいんじゃない?」

わたしの隣の席の梅木君が言った。梅木君は野球部のキャッチャーで、ひとつ上のお兄さんも野球部のキャッチャーだったから、仲がいい男子たちにダブキャチと呼ばれている。ダブルでキャッチャーが縮まったのだ。

「じゃあ、じゃんけんでいいですか?」

学級委員の秋山君が言うと、教室中から「いいでーす」という、みんなの間のびした返事が響《ひび》いた。

すると、窓辺に立ってこの様子を見ていた担任の西グマが「それは、どうなんだろうな」と言った。

西丘先生は社会科の先生で、大柄《おおがら》で髭が濃くて、ツキノワグマみたいだった。わたしたちがふざけて「西グマ」って呼んでも、いつもニコニコ笑っている。

「じゃんけんで負けた人っていうのは、ちょっと違うんじゃないか」

西グマは、わたしたちが話し合いで決めたことにはほとんど口を挟《はさ》まないのだけれど、今日は違っていた。なんだか、怒っているようにも見える。

「みんな知っていると思うけど、ピアニストの中川さんはここの卒業生、いわばきみたちの大先輩だ。中川さんは、昔、この中学でピアニストになる夢を応援してくれる先生に出会い、それでプロの道に進むことを決意された。そうだろう？」

ついさっきまでダラけた雰囲気《ふんいき》だった教室が、西グマの静かな、でも威厳《いげん》ある声にピシッとひきしまった。後ろの席のみずほも、わたしの後頭部《こうとうぶ》を下敷きで扇《あお》ぐのを一時中止している。

「中川さんは、若くして亡くなられたその先生にお礼を言うことができなかった。だから、せめて何か恩返しがしたいと思われて、もう五十年近く、毎年、欠かさずうちの文化祭で演奏してくださっている。そういう方にお渡しする花束が、じゃんけんで負けた人から、っていうのは、どうなんだろう？」

じゃんけんの案を出したダブキャチは、バツが悪そうに下を向いていた。

西グマの言ったことは、まっとうだった。

わたしもじゃんけんに賛成だったけれど、心の中でそーっと撤回《てっかい》した。

ちなみに、ピアニストの中川さんが恩師に出会ったのは二年生のときで、そのクラスが一組だったことから、最後に花束贈呈をするのは、毎年、二年一組の生徒と決まっていた。わたしたちは、二年一組の生徒なのだ。

花束贈呈は、急に、重要な任務《にんむ》になってわたしたちの前に戻ってきた。

実をいうと、わたしは花束贈呈をやってみたいような気がしていた。全校生徒の前で、有名人に花束を渡す機会なんてめったにないし、舞台の上に立ったわたしを、石森さんに見てもらいたかった。

「この前、花束渡してた子だよね」

なにかのきっかけで、石森さんが声をかけてくれる可能性だって、あるかもしれない。もし、そんなことを言われたなら、「お母さん！　ちょっと、待ってよ」と言っていた石森さんを封印《ふういん》してもいいと思った。

かといって、立候補《りっこうほ》はできない。そういうキャラクターじゃないから、わたしが突然やるなんて言ったら、みずほは飛び上がって驚《おどろ》くだろう。

西グマの言ったことは正しいけれど、わたしは、じゃんけんで運良く負けて、「イヤだよ〜、やりたくないよ〜」って困ったふりをしつつ、花束贈呈係になれることを期待していたのである。

「じゃあ、投票で決めるのはどうですか？」

学級委員の秋山君が提案した。

これが、わたしとみずほの間に、大きな溝《みぞ》を作る出来事になるとは、このときは想像もしていなかった。


嫌なことがあったとき、子どもには、うさを晴らす場所がないのだった。大人みたいにお酒を飲んだりできないし、お金がないから買い物で発散させることもできない。どこか、遠くへひとり旅に出るなんていうのは、毎月のおこづかいでは到底、足りるわけがなかった。それに、たとえ、資金が用意できたとしても、わたしたちが遠くに行くと、家出になってしまう。

夕飯のとき、お母さんとケンカになった。

PTAのプリントを渡しそびれていたことを、わざと隠《かく》していたみたいに言われたのだ。

プリントには、最近、お菓子を学校に持ってくる生徒が増えたとか、女生徒のスカートの丈《たけ》の違反があるとか、そういうことが、つらつらと書かれてある。お母さんにプリントを渡すのが面倒という気持ちはあったけれど、でも、隠したりはしていない。

本当に忘れていたのだ。

「学校からのプリント、あるはずでしょう?」

こっちはお見通しなんだと、まるで刑事みたいにお母さんに聞かれ、最初、なんのことかわからなかった。どうせ、近所のママ友たちから、先に情報がまわっていたのだろう。

プリントを渡すと、

「これ、アンのことじゃないの?」

携帯《けいたい》を学校に持ってくる生徒がいる、の箇所《かしょ》を、お母さんは、わざと読み上げた。

「ほら、体育祭のとき、没収《ぼっしゅう》されてたじゃない」

「そんな子、ほかにもいっぱいいるよ」

「いっぱいいたって、あなたもその中のひとりってことでしょう?」

「そうだけど」

「来年は高校受験なんだから、そろそろ自覚しないとね」

わかっている。

わかっていることを言われると、べったり判子《はんこ》を捺《お》されたような気分になる。汚されたくない、心の白いスペースに。

うんざりだ。お菓子も、スカート丈も、携帯も。

そして、みずほとのことを考えると、今のわたしには、すべて、どうでもよかった。

わたしはご飯の途中で立ち上がり、持っていた箸《はし》をパシッとテーブルに叩《たた》きつけた。

その音が想像していたよりも大きかったので、「ちょっと、やりすぎたな」と思った。

お父さんもお兄ちゃんもまだ帰ってきていなかったから、うちにはわたしと、お母さんとふたりきりだ。

箸を叩きつけたとき、お母さんは、とっさに怯《おび》えたような顔をした。わたしのことを一瞬でも怖がったんだと思うと、どんどんどんどん腹がたってきて、そして、娘のわたしのこと、信じてないの？　と悲しくなった。お母さんの、そんな情けない顔を見たくなかった。

わたしは、三階の自分の部屋に駆《か》け上がって鍵《かぎ》をかけた。小学生のころなら、泣いていたのかもしれないけれど、十四歳のわたしは、もう、泣かない。

わざと電気もつけずに、絨毯《じゅうたん》の上にペタンと座る。今日は、一年でもっとも日の入りが早いんだと、今朝、お兄ちゃんが言っていた。まだ七時前なのに、空は真夜中の顔をして威張《いば》っていた。

ベッドにもたれながら、大きなため息をついてみる。

ため息というのは、自然に出るものなのだろうか？

わたしはいつも、ため息を出すぞ、と思ってから、ため息をつく。大人になると、そんな必要もなく、お父さんみたいな、あんな立派なため息を自然につけるようになるのだろうか。


自分の部屋に立てこもることのデメリットはふたつ。

お腹が空《す》くことと、トイレに行けないことである。

立てこもって、二時間。そろそろ、トイレの限界に近づいている。サッと行って、サッと戻ってくればいいかな、とも思うのだけれど、なんとなくそれでは「負け」みたいな気がして行きにくい。行きにくいが、もう行くしか道がない……。

でも、ずっとトイレをガマンしていたと、思われるのはしゃくだから、ぜんぜん急いでいないという顔をして階段を降りて行った。

トイレは二階の廊下《ろうか》にあるので、リビングにいるお母さんには見えないが、家の作りが安っぽいので、歩く音がよく響《ひび》く。できるだけ気づかれないよう、忍者《にんじゃ》のような足さばきでトイレに行った。

トイレから出たところで、バイトを終えて帰ってきたお兄ちゃんと出くわした。

「アン、面白いものを買ってきたんだ、見るかい？」

お兄ちゃんは、右手に持っていた紙袋を、ひょいとあげて見せた。

ここは、お兄ちゃんを利用しない手はない。

夕飯の途中だったので、空腹も行きつくところまで行きそうだった。キッチンの戸棚にポテトチップスがあったはずだから、それをくすねて部屋で食べるとしよう。

お兄ちゃんの後につづいてリビングに行くと、お母さんは、ソファに座ってテレビを見ていた。

わたしに気づくと、

「一樹、ご飯は自分でよそってくれる？　お母さん、お風呂入ってくるから。アンもさっさと食べちゃって」

と、言って一階に降りて行った。一応、わたしに気をつかってくれているのだろう。

うがい、手洗いから戻ってきたお兄ちゃんと、向かい合ってご飯を食べはじめる。

食べかけだったわたしのお皿には、ラップがかけてあった。

「アン、今日は、遅いんだな」

「まあね……。それより、お兄ちゃん、面白いものってなに？」

「月だよ」

「月？」

「そう、月。後で見せてあげるよ」

ご飯の後、お兄ちゃんが袋から出してきた箱には、月が入っていた。

月のバルーンだった。

バスケットボールよりちょっと小さい風船に、月面の模様《もよう》が印刷されてあり、それにヘリウムガスを入れれば浮かぶようになっているのだ。ヘリウムガスの小さなボンべまで一緒に箱に入っていた。

説明書を読むのが大好きなお兄ちゃんは、ふんふんふんと独り言をつぶやきながら、月にガスを入れている。

月は、我が家のリビングにプカプカと浮かんだ。いや、月なのだから「昇《のぼ》った」が正しい。

「ほら、アン。うちの家だけの月さ」

お兄ちゃんは満足そうにながめている。月は立ち上がったお兄ちゃんの頭の場所くらいにあった。

「こんなの売ってるんだね」

「うちの教授が見つけてきてね、話を聞いてたら欲しくなって買ってみた」

お兄ちゃんの先生も、やっぱり筋金入《すじがねい》りの宇宙好きなんだなぁと笑えてくる。

「ちょうどいい」

「なにが？」

「ほら、新月の一日前だからさ。今夜は月が見えないだろう？」

窓の外をのぞくと、お兄ちゃんが言ったとおり、月は出ていなかった。

「ね、お兄ちゃん、月の上から地球を見たとしたら、地球ってどれくらいの大きさなの？」

「地球から見た月の、約十六倍の大きさだよ。でも、十六倍って言っても想像しづらいか」

「うーん」

「そうだなぁ、もっと違う視点で見てみると、あっ、アン、母さんのバランスボールを覚えてるか？」

「ああ、覚えてる。すぐに飽《あ》きてどっかいっちゃったやつね」

「あのバランスボールは、直径が一メートルくらいだったと思うんだけど、たとえば、あれが地球の大きさとするだろう？」

「うん」

「そうしたら、月は、ビーチボールくらいの大きさってところかな。そして、そのビーチボールの月は、バランスボールの地球から、だいたい三十メートルくらい先でまわっているんだよ」

「えっ、三十メートルも先なの？　学校の二十五メートルプールより先にいるってことじゃない？　月と地球って、ずいぶん離れているんだね。思ってたより、うんと遠い」

「遠いけど、宇宙全体で考えると、月と地球はお隣《となり》同士みたいなもんだよ」

お兄ちゃんは、我《わ》が家《や》に昇っている月を、人さし指でツンツンとついてみせた。

一週間前、教室で「花束贈呈《ぞうてい》係・一名」を決めた、あの投票。

学級委員の秋山君は言った。

「一番、ふさわしい人がやるべきだと思う」

じゃんけんで負けた人、撤回《てっかい》、二年一組の代表として恥ずかしくない人。ピアニストの中川さんに花束を渡すのは、一大任務《にんむ》になった。でも、一体、それは、このクラスの誰がやるのだろう?

ふざけた投票なんか、できない雰囲気《ふんいき》だった。

投票用紙のメモが配られ、十分後に回収することになった。

わたしは真面目に考えた。やっぱり、学級委員のふたりのどちらかだろうか?

でも、秋山君は、ちょっと頼りない。強い者に巻かれるというか。真下さんは、男子に媚《こ》びを売り過ぎなところがある。第一、このふたりの学級委員も、じゃんけんで決めたのだ。じゃんけんで負けた人が「一番、ふさわしい」とは言えなかった。

かといって、一番勉強ができる矢野君もピンとこないし、湯本君は面白くて人気はあるけれど、学ランの肩には、いつもフケが散らばっている。ふさわしくない。

あれこれ思案しつつ、そーっと教室を見まわせば、黒木さんの、ひとつに結んだきれいな長い髪が目に入った。

そうだ、あの子だったら、納得できる気がする。

やさしいし、勉強もできるし、人の悪口を言っているのを聞いたことがない。小さいころからバレエを習っているせいか、いつも背筋がぴーんと伸びている。舞台の上で花束を渡す係としては、申し分ない。

黒木さんの将来の夢は、看護師か、介護福祉士だと聞いたことがある。立派な夢だった。今からやりたいことがはっきり決まっているなんて、しっかりしていると思う。

花束贈呈の任務にもっともふさわしい人は、黒木さんをおいて他にはいないような気がしてきた。

わたしは、投票用紙に「黒木さん」と小さく書いて、提出したのだった。


「ねぇ、月っていつになったら住めるの?」

リビングに浮かんだバルーンの月を、飽きもせずにながめているお兄ちゃんに聞いてみる。

「さぁ、いつだろう。わからない。でも、俺たちが生きている間は、まだ一般の人が移住ってことはないと思う」

「そうなんだ」

「アン、月に住みたいのか?」

「明日から住めるんだったら住んでもいい気がする」

「月に行っても、まだ遊びに行くところがなにもないよ」

「いいの、なんにもないところに行きたいんだもん」

「なんにもないか……」

お兄ちゃんは、そう言って右手の親指で自分のあごをさすった。

「だけど、アン。星以外、なんにもないように見えても、宇宙にはまだよくわからないなにかがあるんだよ」

「なにかって宇宙人？　それならわたし、怖くないもん」

「宇宙人が、いるかいないかはわからないけれど、まだよくわからないなにかって、そういう生物のことだけじゃないんだ。俺たちには見えないものが満ち溢《あふ》れているんだよ、あの宇宙には」

「そうなの？」

「今、宇宙で感知できているものって、実は、ほんの一部なんだ。たとえばそれは、光だったり、電波だったり、X線だったり、赤外線で観測できるんだけどね、そんなの全部合わせても、宇宙全体のほんの五パーセントに過ぎないんだ」

「じゃあ、あとの、えーっと」

「九十五パーセント」

「そう、あとの九十五パーセントはなに？」

「暗黒物質や、暗黒エネルギー。あるのはわかっているんだけれど、まだつかまえられないんだ」

「大学の先生でも？」

「そうだよ。だけど、解明しつづけているんだ。暗黒エネルギーは、真空のエネルギーじゃないかって考えられててね、なにもない空間でエネルギーが大きくなるっていう不思議な性質を持っているんだ。このエネルギーがどんどん大きくなって、いずれ、すべての物質が存在できなくなるんじゃないかって予想もあるんだよ」

「なんか、怖い……」

わたしは、なんだかわからないその暗黒エネルギーのことが恐ろしかった。

「ね、お兄ちゃん。その暗黒エネルギーのことを解明できたら、それは全部、宇宙からなくなるの？」

「それはわからない。でも、なくなることはないと思う」

お兄ちゃんは申し訳なさそうに言った。

「じゃあ、わかってもどうしようもないじゃない」

わたしが言うと、「そうだなぁ」と、お兄ちゃんはバルーンの月を両手で捕《つか》まえた。

そして言った。

「でも、わかることがいいんだよ」

「わかるだけでいいの？」

「こんなことまで解明できましたって、とりあえず、みんなで喜びあえるってすばらしいじゃないか」

「そういうのでいいわけ？」

「いいのさ。アン」

「変なの」

お兄ちゃんが笑ったところで、お風呂からあがったお母さんがリビングに戻って来た。

「あら、それなに？　月？」

わざと明るく会話に入ってきたけれど、わたしはプイッと顔をそむけ、自分の部屋に戻って行った。


あの日、花束贈呈係の選挙は、すぐに開票された。

わたしが入れた黒木さんが、九票でトップだった。二位の矢野君は六票。あとは、二票とか、一票とか横並び。そして、一票も入っていない子がクラスに十四人。

十四人。

その中に、わたしが入っていた。

わたしは、自分に一票も入らなかったということに、意外に傷ついていた。

別に、自分がクラスを代表するのにふさわしい人間と思っていたわけではない。ゼロ票。そりゃあ、そうだろう、とも思う。なのに、確かに、傷ついたのだ。誰にも選ばれなかったという事実に。

その日の放課後、わたしは黒木さんに、

「おめでとう！」

と笑顔で言った。ひがんでいると思われるのは嫌だったから。九票を獲得《かくとく》した黒木さんは、いつものようにやさしく微笑《ほほえ》んで、「ありがとう」と言った。

だけど、いくらやさしく微笑んでくれたって、黒木さんがわたしの名前を書いてくれていなかったことは揺《ゆ》るぎない事実なのだ。わたしは黒木さんのことを、ちょっとイヤな奴だと思った。

いや、そんなことより、みずほである。

みずほは、わたしに投票してくれなかった。一番仲良しなのに。そう思うと腹がたってくる。

しかし……。

わたしが投票したのは黒木さんで、みずほではないのだ。みずほもまた、わたしと同じで一票も名前が出なかった子のひとりなのである。

仲良しだから、という理由で投票はできない。

わたしは、投票する前に思ったのだ。だって、そんなの、ズルだから。

投票から一週間が過ぎた今でも、わたしとみずほとの間には、見えない壁が立ちはだかっていた。それは、さっきお兄ちゃんが語っていた、察知《さっち》できない、宇宙の暗黒エネルギーのようだった。

考えれば考えるほど、なにもかもが嫌になってくる。

PTAのプリントを渡しそびれていたのを、わざとみたいに言ったお母さん。投票してくれなかったみずほ。そして、こんなことで傷ついている、自分自身のこと。

明日も学校で、みずほと、わざとはしゃいだりする雰囲気が嫌だった。互いに、投票のことには一切触れないのが、かえって息苦しかった。

きっと、みずほも、わたしと同じ気持ちでいるに違いない。わたしが投票しなかったのを気にしていて、そして、わたしに投票しなかったことを、気まずく思っている。

布団に入ってから、わたしは思った。真剣に。

これからの人生に、いいことなんか、なにひとつなくてもいい。そのかわり、嫌なことを、なにひとつわたしに与えないと約束して欲しい、と。そのほうが、きっとずっと幸せなような気がするから。いいことも、嫌なこともなく、ただ真《ま》っ平《たい》らに、平《へい》穏《おん》に、この先の人生を進んでいきたい。泣かないで済むなら、もう、二度と笑わなくていいんだ。悪魔《あくま》がいるのなら、そう取り引きしたっていい。今、ここで。すぐに。

そんなことを考えていた。

嫌な出来事は、楽しい出来事より長引くのはどうしてなんだろう？

どんなに楽しいことがあっても、たったひとつの嫌なことのほうが、いつだって重たい。

ノックの音がした。

「アン、まだ起きてるか？」

「うん」

ドアを開けると、お兄ちゃんが、月とともに立っていた。ヘリウムガスで浮く、さっきのバルーンの月と。

「アン、この月、暗がりの中では発光するんだよ。やってみるかい？」

「うん」

お兄ちゃんに八つ当たりする気にはなれなかった。お兄ちゃんは、我が家の星の王子さまなのである。

ドアを閉めて部屋の電気を消すと、月がかすかに発光した。

「あ、本当、光ってる」

「おもちゃにしては、ちょっといいだろう？」

わたしの部屋に月がぽっこりと浮かんだ。手を伸ばせば簡単に届く月。暗闇《くらやみ》の中でも、お兄ちゃんの得意げな顔が見えるようだった。

「ねぇ、お兄ちゃん。こういうのがあるなら、もう本当の月なんか観察しなくてもいいんじゃない？　これなら、いつだって満月だし。それに、この前、学校の授業で行ったプラネタリウムなんか、本物以上にきれいな星空だったもん。これから寒い季節に外で観測するより、プラネタリウムで勉強したほうがよっぽどいいよ」

「アン、電気つけるよ」

白々とした蛍光灯《けいこうとう》が目にまぶしかった。電気の下で見るお兄ちゃんの顔が、とても懐《なつ》かしいもののように思え、不覚にもわたしは泣きそうになってしまった。

「なぁ、アン。俺だってプラネタリウムは好きだし、今でも時間があれば行くんだよ。アンが言うとおり、東京の明るい空では見られない星が、プラネタリウムでは見られるからね」

そしてお兄ちゃんは、大きく息を吸った。

「だけど、アン。プラネタリウムと本物の夜空とでは、決定的に違うことがあるんだ。なんだと思う？」

「なに？」

「新しい星を、発見できないんだよ」

お兄ちゃんは、わたしの部屋に月を残し、自分の部屋に戻って行った。一晩貸してくれるとのこと。ありがたく申し出を受け入れ、わたしは、わたしだけの月の下で目を閉じた。今夜は、みずほからのメールは一回だけだった。わたしのメールと同じで、やけにテンションが高くて長いメール。たぶんお互いに無理をしている。

次の朝、二階に降りて行くと、お母さんは、コマーシャルソングを口ずさみながらおにぎりを作っていた。

「あら、おはよう」

昨日のことは昨日のこと、というお母さんの主張を感じる。こちらとしては、別に夕べにひきつづき無視したってかまわないのだけれど、取りあえず「おはよう」と言っておいた。

冷蔵庫のオレンジジュースをコップに入れ、ソファに座る。どんよりとした気持ち。

みずほの性格に問題があるわけじゃないんだ、と思った。

でも、票を入れるには、みずほは適《てき》していない。

みずほは、気さくで、人なつっこいけれど、どこかふざけたところがあるし、約束しても、いつも寝坊《ねぼう》して時間に遅れてくる。花束贈呈の日にも、きっと遅刻《ちこく》するに決まっている。どう考えたって、あの役目は、みずほにふさわしくない。真剣に考えて、わたしは黒木さんに投票したのだ。

そして、思う。

わたしだってふさわしくない。わたしは、みんなの前で意見を言ったりするのが苦手だし、緊張すると耳が真っ赤になる。小学校の卒業式では、校長先生から卒業証書を手渡されるときに、手が震《ふる》えて受け取るのに一苦労だった。花束なんか、渡せないに決まっている。みずほだって、そういうわたしの性格をよく知っているのだ。

キッチンから、お母さんの声がした。

「ご飯、できたわよ」

テーブルには、おにぎりと味噌汁《みそしる》とスクランブルエッグとフルーツサラダ。和風なのか洋風なのかよくわからない組み合わせである。お母さんの作る料理は、ちょっと雑で、結局のところセンスというものがないのだけれど、それでも、しっかり食べればいいのよ！

というエネルギー（正体不明の）を受け取ることはできる。

「ねぇ、アン」

お母さんが、不思議そうな顔をして窓の外を見ている。

「またお向かいの洗濯物《せんたくもの》？　お母さん、あんまりジロジロ見るの、よくないよ」

「ううん、そうじゃなくて。家の前にいるの、あれ、アンのお友達じゃないかしら」

慌《あわ》てて見てみると、それはまぎれもない制服姿のみずほだった。わたしは階段を駆《か》け降り、パジャマのまんま外に飛び出した。

「みずほ」

「来ちゃった」

「うん」

「そのパジャマ、かわいい」

「あ、これ？　ずっと着てるから、ほら膝《ひざ》のとこボロボロになってきてる」

「でも、かわいい」

「いつ来てくれてたの？」

「ついさっき」

「ごめん、気づかなくて」

「あのね、アンナ。わたしたちっていいなと思ったの」

うつむいているから、みずほの表情がよく見えなかった。みずほは言った。

「だって、わたしたち、わたしたち以外の世界の子たちも、いいって思えるんだから」

投票のこと。そうだなと思った。

制服のスカートから見えているみずほの膝こぞうには、擦《す》り傷《きず》がたくさんある。ドジなみずほ。

「そうだ。本当に、わたしもそう思う」

わたしは言った。

「それにね」

みずほは顔をあげて言った。

「うん」

「わたしたち、自分には投票しなかったことだけは、みんなの前で発表できたって思わない？」

ああ、なるほど、そうとも言える。わたしは、みずほのセリフに、思わず噴《ふ》き出してしまった。

「うん、うん、そうだと思う」

二年生の今のクラスになったとき、わたしはちょっと焦《あせ》っていた。知っている子は何人かいたのだけれど、どの子も、一緒にいたいと思えるほどじゃなかったから。

でも、わたしとみずほは、自然に、とても早く仲良くなれた。出席番号がつづいていたのがしゃべるきっかけになったのではあるのだけれど、うんと名字が離れていても、きっと、わたしたちは仲良くなっていた。

「あのとき、嬉しかったんだ」

みずほが言った。

「なに？」

「二年の始業式の日。わたしの水筒《すいとう》見て、アンナ、笑わなかったから」

みずほは、冷たい飲み物が飲めない。飲み物だけでなく、アイスクリームも食べられない。お腹を冷やすと、具合が悪くなってしまうからだ。だから、夏でもステンレスの小さな水筒に温かい飲み物を入れている。そのステンレスの水筒のことを言っているのだ。

「最初は、みんな笑うんだよ、おばさんぽいって。でも、アンナ、おいしそうって言ってくれた」

「だって、おいしそうだったんだもん」

みずほは、こんなふうに会いに来てくれた。わたしはみずほをすごい奴だと思った。これは、とても、勇気のいることなのだから。

みずほは、嫌いな子に愛想笑い《あいそ》はしないけれど、そのぶん、好きな子のためなら、いつも熱い。みずほと同じ陸上部の桂さんが足を骨折して入院したとき、みずほは、一日も欠かさずお見舞いに通っていた。わたしは、そのとき、ずーっとふたりに焼きもちをやいていた。桂さんが少し憎らしかった。みずほに比べれば、わたしなど、うんと心が狭い。

十一月の朝は、もう冬の国のものだった。足下から冷たい空気がはいあがってきて、膝《ひざ》の裏あたりをぞくっとさせる。こんなところに長くいたら、みずほはお腹《なか》を冷やしてしまう。

「ね、みずほ、朝ご飯食べた？」

「ううん」

「じゃ、うちで食べようよ、ね、入って」

「でも、いいの？」

「いいの、いいの。お父さんもお兄ちゃんももう出かけたし、お母さんしかいないから気つかわなくていいの。それにさ、夕べお母さんとケンカしたから、みずほがいてくれると実は助かるんだけど」

「じゃあ、お言葉に甘えて……」

みずほと一緒に朝ご飯を食べると言ったら、お母さんは、みずほに椅子をすすめるのも忘れてしゃべりはじめた。

「みずほちゃん、おばさんね、ずーっと、憧れてたの。ほら、娘のお友達にね、おやつを作って出してあげたりするの。アンとダイアナの世界みたいじゃない？　ねぇ、みずほちゃん。おばさんね、『赤毛のアン』が大好きなのよ。読んだことある？　『赤毛のアン』。あら、ないの？　残念だわ、読むといいわよ。うちの子たちにも、小さいころには、よく読んであげたんだけど、自分では読もうとしないの。若いときに自分で読むのが一番いいの。そうして、大人になってからまた読むと、昔は気づかなかった新しい発見があるの。そういうのって素敵じゃない？　あ、おばさんね、新婚旅行はカナダのプリンスエドワード島に行ったのよ。『赤毛のアン』の舞台になっているところなんだけど、知ってる？　子どものころからずーっと行きたかったから、もう、本当に嬉しかったのよ。いつか行ってみたいところがあるって素敵なことよ。みずほちゃんは、どこか行ってみたいところある？　プリンスエドワード島の写真、後で良かったら、見てちょうだいね」

「お母さん、『赤毛のアン』のことはいいから！　それに、今、みずほに作って欲しいのは、おやつじゃなくて朝ご飯だから」

「わかってますよ。ねぇ、みずほちゃん。ほら、この家を買うまでは、この子もお友達を呼べるようなスペースがなかったでしょう？　だから、ここに引っ越して来てからは、どんどんお友達をおまねきしてって言ってるんだけど、この子ったらちっともそういうことしてくれないの。だから、おばさん、みずほちゃんが遊びに来てくれて嬉しいわ。これからもときどき来てね、ちょっと今日は時間が早すぎるけど……。あ、でも、いいのよ、だけど、こんなに早くに出て来たことお家《うち》の方はご存じ？　おばさんからお電話したほうがいい？」

「お母さん！　いいから早くみずほの朝ご飯！　それから、わたしたち、わたしの部屋で食べるから」

「あら、ここで食べればいいじゃないの〜」

「いいから、お母さん！」

はいはいはいとお母さんはキッチンに消えて行った。去りぎわに、みずほちゃんが来てくれるのわかってたらスコーンでも焼いていたんだけれど、などと、いまだかつてスコーンなど焼いたこともないくせに、夢見がちなことを言っていた。みずほは笑っていた。

わたしは、夕べお兄ちゃんが言っていたことを、そーっと思い出していた。

プラネタリウムでは、新しい星を発見することができない。

そうだ、わたしは、やっぱり本物の空も見上げたいと思った。

手に届くバルーンの月もいいけれど、本物の月を見られないのは物足りなかった。

いいことも、悪いこともないのがいいなんて、それは本当の世界ではないような気がした。

今朝の通学路は、特別に美しい道のように映《うつ》った。太陽の光が地球に届くまでには八分かかるとお兄ちゃんが言っていた。八分前の太陽が、わたしとみずほに降りそそぐ。小鳥たちが公園の木の上で鳴いている。お母さんが好きなヤツデの白い花は、秋の花火のようだった。

わたしの隣《となり》にはみずほがいる。わたしたちは、共に十四歳だった。それは、四十六億歳という地球の年齢に比べれば「一瞬《いっしゅん》」より短いけれど、でも、でも、決してゼロではないのだと強く感じた。

六

文化祭も終わり、リビングにかかっているカレンダーは、今年最後の月になった。お母さんが買ってきた、どうということもないヨーロッパの風景写真のカレンダーだけれど、まっさらな月がスタートするんだなと思うと、心がすっきりする。

その下のキャビネットには、地球儀《ぎ》ではなく、月球儀が飾られてある。鮮やかなブルーの地球儀に比べると月の球はどこも灰色で、ただポカンポカンとクレーターが描かれているだけだ。

「こんな地味なの見て、一樹ったら何が面白いのかしらねぇ」

お兄ちゃんが月球儀を買ってきた夜、お母さんはすっかり呆《あき》れていたのだけれど、気がつくと、ソファに座って、「あら、まぁ、これ、いいじゃない、素敵じゃない！」なんて言い出した。

なにが素敵なのかと聞くと、月球儀に書かれてある、月の地名がとてもロマンチックなのだそうだ。

「ねぇ、一樹、月に地名をつけたのって誰なの？　『雨の海』『虹《にじ》の入江』『露《つゆ》の入江』『夢の湖』『危難《きなん》の海』……この発想は、赤毛のアンそのものよ！　命名者は、アンじゃないかって気分になるわ」

そう言って、『赤毛のアン』の文庫本を持ち出してきた。

「ほら、これ見てちょうだい。マシューと馬車に乗っているときに、アンが名付けた並木道は『歓喜《かんき》の白路』っていうの。丘のいただきを越えたところにある池に、アンは『輝く湖水』と名づけたし、ほかにも、ほら、『恋人の小径《こみち》』とか『妖精《ようせい》の泉』とか。月の地名にどこか似ていると思わない？　これ、いいわ、この月球儀、リビングに飾っておこうよ」

以来、月球儀はリビングになくてはならないものになった。

花束贈呈《ぞうてい》係に選ばれた黒木さんは、その任務《にんむ》をみごとにやりとげた。胸を張って、背筋を伸ばし舞台に上がった黒木さん。堂々と花束を渡すその姿を見て、わたしは急に彼女のことが、そんなに好きじゃなくなってしまった。うまく説明できないのだけれど、お腹《なか》がいっぱい、という気持ちだった。

今日から十二月。そろそろ期末テストの準備をしなければいけないのは充分にわかっている。なのに、わたしとみずほは、部活の後、駅前のドーナツショップで履歴書《りれきしょ》を書いているのだ。

アルバイトをしようと言い出したのは、みずほである。

みずほの通《かよ》っている歯科医院が駅前の雑居ビルの中にあり、一階のスナックの前を通ったとき、たまたまそこでバイト募集の張り紙を見かけたのだという。

「中学生はバイトなんか無理だよ、雇《やと》ってくれないって」

わたしが言っても、みずほは毎度のことながら、大丈夫の一点張り。

「大丈夫、大丈夫。なんとかなる」

「なんとかならないよ、絶対」

「履歴書なんかデタラメでいいんだよ。十六歳って書いておけば」

こんなやりとりをしていたのだけれど、あまりに、みずほが自信満々なので、とうとうわたしまで、なんとかなるかも？　という気になってしまった。だから、こうしてふたり、ドーナツショップで履歴書を書いている。ちなみに、バイトの内容は、開店前の店内の清掃である。

「ねぇ、みずほ、ここ、なんて書いた？　自分の長所と短所」

「それ、わたしも今、困ってる」

みずほは、氷抜きのメロンソーダをストローで吸い上げつつ、眉間にシワを寄せている。そして言った。

「ね、アンナ、わたしの長所と短所、なんだと思う？」

「うーん、なんだろう、長所は足が速いことじゃない？」

「ああ、そう、やっぱり？　わたしもそれ書こうと思ってた」

みずほは、履歴書の長所の欄《らん》に、足がはやい、と書き込んだ。そして、これだけじゃ弱いんじゃないかと言って、立ち直りもはやい、と書き加えていた。

「短所は？」

「短所か」

人の短所を言うのって、難しい。用心して言う。

「ちょっと、ドジなとこじゃない？　ほら、みずほ、よく足とかぶつけてるし」

「それ、なんて書けばいいわけ？　ドジ、なんて書いていい気がしないんだけど」

「おっちょこちょい、ってどう？」

わたしは言った。

「あ、それ、いい！　なんかかわいいし」

みずほは、履歴書に、おっちょこちょい、と書いた。

「アンナの短所はなんにするの？」

「わからない、なんて書こう」

「食べるのが遅いにしとけば？」

そんなに遅いだろうか？

真っ先に、そのことを言われると、ものすごい短所だったような気がしてきた。

「ごめん、わたし、お弁当、いつも遅い？」

「ううん、別に。わたしはいいんだけど、でも、たぶん、遅いほうなんじゃない」

わたしは、みずほの意見に従って、食べるのが遅い、と書いた。足がはやいとか、食べるのが遅いとか、わたしたちの長所や短所は、スピードのことばかりだった。

「アンナの長所は、字がきれいなことだね」

とみずほが言った。

スナックの清掃《せいそう》は、朝、学校に行く前にできるのだそうだ。夕方、お店がオープンするまでにきれいにしておけばいいらしく、「空いている時間に、自由に」、と張り紙には書いてあったという。

わたしたちは、履歴書にデタラメなことばかり書いて、住所まで嘘《うそ》をついた。嘘じゃないのは、名前と携帯の番号だけだった。

バイトの面接は、開店前の夕方の六時だった。おととい、みずほが店に電話してくれたのだが、緊張して死ぬかと思ったと言っていた。電話に出たのは、ガサガサ声のおばさんだったらしい。

雑居ビルの一階にあるスナックは三軒。どの店も入り口が狭くて、中が見えない。一軒には、月曜休みと書かれた札《ふだ》がドアにかかっていた。

わたしとみずほは、「どうしよう、どうしよう、やっぱりやめる？」などと、すっかりおじけづいてしまった。ふたりとも大人っぽく見える服を着てきたつもりだったけれど、髪型はいかにも中学生なのである。

「ね、やっぱりやめようよ、みずほ。絶対、中学生だってバレちゃうって」

いくらお母さんの黒いセーターを着たところで、わたしは自分が高校生に見えるとは思えなかった。

「大丈夫だよ、たぶん」

みずほがドアをノックしても、中からの反応はなかった。そーっとドアを押してみると、鍵《かぎ》はかかっておらず、中から女の人の声がした。

「なに？」

ガサガサした低い声だった。その人は七、八席あるカウンターの中で、ぼんやりとタバコを吸っていた。奥にソファーの席が見えたが、店はとても狭かった。足下の赤い絨毯《じゅうたん》にはたくさんの茶色いシミがあった。

みずほが小さな声で言った。

「あの、面接に来ました」

女の人は、ブロッコリーみたいなふわふわしたパーマをかけていて、胸元がざっくりとあいたグリーンの服を着ていた。年齢はよくわからなかった。三十歳と言われれば三十歳だし、五十歳くらいにも見えた。

「そこ、座って」

カウンターに、みずほと並んで座る。

「見せて、履歴書」

わたしたちがドキドキしながら差し出すと、それと引き換《か》えみたいに、「これ、どうぞ」とミカンをふたつくれた。むきにくそうな、薄《うす》い皮の小さなミカンだった。

履歴書を読みはじめた女の人は、ブッと噴《ふ》き出した。そして言った。

「どっちが井田さん？」

「わたしです」

みずほが手をあげた。

「これ、いいわね、長所と短所。足がはやくて、立ち直りもはやくて、おっちょこちょい。いいじゃないの」

そう言って、女の人はまた笑った。そして、「いつか就職《しゅうしょく》活動するときにも、こう書いたらいいわ。わたしが社長なら採用する」とおかしそうに言った。目尻《めじり》のシワが浅いから、そんなにおばさんじゃないのかもしれない。

「じゃあ、こっちが小倉アンナさんね」

次に、わたしのほうを見て言った。

「はい」

「名前、いいわね、アンナって」

「お母さん、じゃなくて……母がつけたんです。母は『赤毛のアン』が好きで、女の子が生まれたら、絶対にアンにしようって思ってたみたいです。でも、お父さんの名字が小倉だったからあきらめたんです」

「なんで？」

「小倉アンって、ちょっと、なんていうか、和菓子みたいだからって」

女の人は、また笑った。そして、あんたたち、面白いと言った。

「それで、結局、アンナにしたそうです。でも、お母さんはわたしのことをアンって呼んでます。あと、お兄ちゃんも、アンって呼びます」

「お兄ちゃんがいるの？」

「はい」

「なにしてるの？」

「大学生です。大学で宇宙の勉強をしてます」

「へえ〜、宇宙。そりゃすごいわ」

女の人が、やけに大きな声で感心したので、なんだかお兄ちゃんが、からかわれたみたいな気になった。わたしは、自分がムッとした顔になったな、と思った。

「あら、別にあんたのお兄ちゃんをバカにしたわけじゃないのよ。ただ、すごいなぁと思って。わたしのまわりで、宇宙のことを勉強するような男なんか、ひとりもいなかったから。気にさわったんだったら、ごめんね」

「いえ」

女の人は本当にすまなそうな顔をしていたので、許《ゆる》すことにした。

「そうそう、宇宙って言えば、わたしの生まれた年にね、人類が月に行ったのよ」

女の人は言った。

「一九六九年ですね」

わたしは、すかさず言った。

「あら、知ってるの？」

「お兄ちゃんがよく言ってますから。人間が月に行く前に、犬がロケットに乗って宇宙に行ったんです」

わたしが言うと、みずほが驚《おどろ》いて聞いた。

「その犬、ロケット運転できるの⁉」

「ううん、できない。打ち上げは成功したんだけどね、戻ってくる装置《そうち》はもともとついてなかったの。ロケットは大気圏《たいきけん》で燃え尽《つ》きてしまうって、最初から決まっていたんだって。だから、宇宙に飛んでいった犬はロケットの中で死んだんだよ、ひとりぼっちで」

「ひどい！」

みずほは怒った。女の人も、「ほんと、かわいそう、その犬」と言った。

「でも、なんか」

女の人は、大きなため息をついて言った。

「でも、なんか、わたしも、こんな小さな店の中で、夜中までずーっといて。お客さんが来ない日なんか、ロケットの中でひとりみたいな気になるわよ」

わたしは、急に、女の人のことが気の毒《どく》になった。

「でも、お店を持っているなんて、すごいと思います」

わたしは言った。

「別に、わたしの店じゃないのよ。ね、それより、あんたたち、中学生でしょ」

女の人は、わたしたちの目をのぞき込んで言った。

わたしとみずほは、顔を見合わせてからうつむいた。

「アンナ、っていうのは、本当の名前？」

「え？」

「アンナさん、履歴書には、お兄ちゃんがいるなんて書いてないけど？」

「あ」

わたしは素直にあやまった。でも、名前は本当ですと言った。

「履歴書に嘘《うそ》つくと、罪《つみ》になるんだからね」

罪と言われて、急に怖くなる。今度は、ふたりで「すみません」と頭を下げた。

「わかればいい。でも、中学生がバイトしてなにが買いたいの」

「服とか、いろいろ」

みずほが言った。わたしも一番欲しいのは服だった。お店に行って、好きなだけ買っていいって言われたら？　って妄想《もうそう》するだけで、わくわくした。

「そうか、やっぱり服か」

女の人は、たばこに火をつけて、そして深く吸った。煙《けむり》をなかなか吐《は》き出さないから、わたしまで息が止まるような気になった。

「何を着たってかわいい年ごろだもんねぇ。わたしなんか、最近じゃ、どんな服、試《し》着《ちゃく》したってつまらないの。ああ、昔はこういう色も似合ったんだけどなぁって悔《くや》しくなるばっかり。わかる？　わかんないでしょうねぇ。でも、いつかわかるのよ、絶対に」

わたしとみずほは、なんと返事してよいのかわからず、「はあ」とだけ言った。

そこに、威勢《いせい》よく「こんにちは！」と男が飛び込んで来た。おしぼりを届けに来た人だった。

カウンターにいるわたしとみずほのことをチラッと見て、不思議そうな顔をしていた。伝票にサインをもらうと、笑顔で帰って行った。

「さ、わたしも仕事しないと」

女の人はタバコを消して、立ち上がった。そして言った。

「もう、こういうところ、うろうろしないこと。はい、これ」

履歴書を返され、わたしとみずほは、「失礼します」と慌《あわ》てて立ち上がった。女の人は言った。

「ね、その履歴書、やっぱりわたしにくれない？ 落ち込んだときに、それ読んで笑いたいから」

履歴書をあげると、女の人はキャンディをふたつくれた。


家に帰ると、テーブルにお鍋《なべ》の用意がしてあった。今夜はしゃぶしゃぶよと、お母さんが朝から張り切っていたのを思い出した。鹿児島の親戚《しんせき》が、毎年、この季節になるとおいしい黒豚を送ってくれるのだ。

「アン、もうすぐお父さんも帰ってくるから、メールしてないで早く降りて来てね」

キッチンからお母さんの声がした。うん、と返事をして三階に上がる。こっそり借りた、お母さんの黒いセーターを脱《ぬ》ぎにいくために。

着替えて下に降りると、お父さんが帰って来ていた。「もう、しゃぶしゃぶの季節か」なんて言っている。

「さ、食べましょうか」

お母さんが、お皿にたっぷりと盛《も》ったお肉を持ってきた。

「お兄ちゃんは？」

「ご飯いらないってメールあったの。今日はしゃぶしゃぶだって朝から言ってたのにねぇ。大学のお友達とご飯なんだって。宇宙の話ばっかりで、よく飽《あ》きないわ、本当に」

わたしたちは、三人でしゃぶしゃぶを食べた。自分でしゃぶしゃぶしたいのに、お母さんが人の世話まで焼いてくるから小さくモメたものの、おいしいお肉を前にすると単純《たんじゅん》に明るい気持ちになった。

十一時過ぎに帰ってきたお兄ちゃんは、赤い顔をしていた。

「なに、一樹、あなたお酒飲んできたの⁉」

お母さんがびっくりしている。

「一樹だって、もう大学生なんだから」

お風呂からあがったばかりのお父さんは、タオルで髪を拭《ふ》きながらお兄ちゃんをかばっている。

「大学生だって、まだ十九歳なのよ」

お母さんが心配するほどのことでもないと思うけれど、でも、実際、お兄ちゃんとお酒は結びつかないイメージだった。

飲んでいない、とお兄ちゃんは言った。

「ケーキを食べただけだよ」

「ケーキ？」

お母さんが聞き返した。

「そう、ケーキだよ、なんだかじゅわっとした」

「じゅわっとした？」

じゅわっとしたパンのようなケーキだった、とお兄ちゃんは言った。

「それ、サバランじゃない？」

わたしが言うと、

「ああ、そういう名前だった」

とお兄ちゃん。

洋酒を染《し》み込ませたケーキを食べ、お兄ちゃんは、赤い顔をして帰って来たのだ。

「アン、今日はなんの日か知ってるか？」

お兄ちゃんはソファに座っていたわたしの横に腰《こし》を下ろした。

「なんの日でもない、平日だよ」

「世の中に平日なんてないよ、アン！」

まるで、酔っぱらっている親戚のおじさんみたいだった。

「じゃあ、なんの日よ」

「なんの日って、十二月一日は、ガリレオが、土星の環《わ》が消えたと手紙に記した日じゃないか」

じゃないかと言われても、とても、困る。

「土星の環は、別に消えるわけじゃなくて、何年かに一度、その角度によって、環が見えにくくなるだけなんでしょう？　前に聞いたよ、お兄ちゃんに」

「そのとおり！　アン。十五年、十五年に一度だよ。十五年に一度、見えにくくなるんだ」

お兄ちゃんは、お母さんに手渡されたコップの水を一口飲み、またしゃべりはじめた。

「ガリレオは、一六〇九年から望遠鏡による月の観測をはじめたんだけどね、その次の年に、初めて土星を見た人でもあるんだよ。驚《おどろ》いたと思うなぁ、不思議なかたちの星だからね。なにしろ、土星には環っかがあるんだから。知ってるだろう？　アン、俺が宇宙にとりつかれたきっかけは、土星の美しさだってこと。でも、ガリレオの望遠鏡じゃ、今みたいに土星の環は、はっきり見えなくてね、土星には耳がついてるって、ガリレオは言ったらしいよ。そう見えたんだろうなぁ。それで、これが面白いんだけど、二年後にガリレオが再び土星を見たら、その耳がなかったんだ」

「ちょうど、環が見えにくい年だったってわけだね」

「そう、そうなんだ。そうなんだ、アン！　ガリレオは、ショックだったに違いないよ、環が見えたり、見えなかったりしたんだから。そのびっくりしたことをガリレオが手紙に書いたのが、一六一二年の今日、すなわち、十二月一日の日付けだったんだよ。記念日じゃない夜なんてないんだ、アン」

お兄ちゃんはいっきに言うと、ソファにだらしなく沈《しず》み、眠ってしまった。お母さんは「まったく、もう」と呆《あき》れ、お兄ちゃんに膝《ひざ》掛《か》けをかぶせた。

その瞬間《しゅんかん》、わたしは、ひらめいた。

お兄ちゃんは、今日、デートだったんじゃないか？

だから、普段は、甘い物をほとんど口にしないお兄ちゃんが、食事の後にケーキなんか食べたのだ。きっと、そうだ。そうに違いない。わたしは、なぜだか確信した。

「ケーキひとつで酔っ払えるなんて、まったく安上がりな奴だな」

お父さんが苦笑いしながら言った。

期末テストが終わると、いろんなイベントがあった。部活の子たちと遊園地に行ったり、引っ越す前の団地の子たちと同窓会をしたり。

同窓会で久しぶりに会った吉沢君のことを、少しいいなと思った。石森さんのことはまだ好きなのだけれど、吉沢君が急に気になる存在になっている。みんなでハンバーガーを食べたとき、吉沢君がジーンズにケチャップを落として、わたしがティッシュをあげたら「どうも」って言った。その照れた口調《くちょう》に、わたしはドキッとしたのだった。

だけど、このことを、まだ、みずほには打ち明けないつもりでいる。本気の恋になるかどうか、わたしにもわからないから。

冬休みに入ってすぐ、みずほがうちに初めてお泊まりに来た。

お母さんの赤毛のアン的、盛《も》り上がり方はすさまじかった。できもしないのに「果物入りケーキ」を焼いて焦《こ》がし、甘すぎて食べられない「さくらんぼの砂糖づけ」を作り、わたしとみずほに、おそろいのパジャマを買い揃《そろ》えて、わたしたちを爆笑《ばくしょう》させた。それは、首まわりと、手首にレースがついている、乙女《おとめ》なパジャマだった。

お兄ちゃんと対面したみずほは、「思ってたよりかっこいい」と、後でふたりきりになったときに言ってくれた。

お兄ちゃんは、みずほとも自然にしゃべっていた。お兄ちゃんの友達が家に来たときにも思ったのだけれど、お兄ちゃんは、誰といるときも、いつもと変わらないたたずまいだ。わたしは、知らない人としゃべるとき、どこかいい子ぶった感じになってしまうのに、お兄ちゃんは初対面のみずほの前でも普段のお兄ちゃんのままだった。親戚《しんせき》がたくさん集まる法事《ほうじ》の席でも、お兄ちゃんは別に居心地《いごこち》悪そうじゃなく、話に加わったり、お茶をすすったりしてひょうひょうとしている。

みずほのことを、すぐに「みずほちゃん」なんて呼んでいたのも、嫌《いや》な感じはしなかった。みずほはお兄ちゃんとすぐに意気投合《いきとうごう》し、夜は三人でお兄ちゃんの屋上《おくじょう》にのぼって天体観測をした。

お兄ちゃんは、とっておきの望遠鏡を出して来た。ガリレオが使っていたという望遠鏡のレプリカだ。細長くてちょっと見にくいのだけれど、お兄ちゃんはそれもまたいいのだと言う。

「ガリレオと同じ月を見ているって思うと、なんか夢があるね」

みずほが言うと、お兄ちゃんは嬉しそうだった。あいにく、雲が多くてほとんど観測はできなかったのだけれど。

こうして、短い冬休みが過ぎ、三学期がはじまって間もないころのことだった。

その日は雨で部活が休みになったので、放課後、みずほと一緒に駅前のショッピングモールをうろうろしていた。買う気もないのに、次々と洋服を試着するみずほのことを、わたしは感心したり、呆《あき》れたりしながら見守っていた。

たこ焼き屋がオープンするというチラシをどこかで見たとみずほが言うので、ふたりで行ってみることにした。駅から少し離れたところみたいだけれど、初日は半額なので、遠くても平気である。

寒い寒いと言い合いながら、ふたりでちぢこまって歩いた。吐《は》く息が真っ白だった。てぶくろを忘れたみずほに、わたしのを片方だけ貸してあげた。セーラー服からにょきっと出ているわたしたちの太ももは、寒さで薄紫《うすむらさき》色になっている。みずほは、こっそり腹巻きをしていると言っていた。雨はもう小降《こぶ》りで、空は明るくなりはじめていた。

みずほの記憶《きおく》だけを頼りに、いくつかの路地を曲がってたこ焼き屋を探し歩く。本当にこんなところにあるの？　だんだん心細くなってきたところで、急にたくさんの人が立っている家の前に出た。

お通夜《つや》のようだった。黒い服を着た人たちが、ぞろぞろと中に入って行く。ハンカチで目をおさえているおばさんがたくさんいた。

わたしとみずほが前を通りすぎようとしたときに、受付のおじさんに声をかけられた。

「どうぞ中へ」

間違えて案内されそうになり、いえ、違います、とわたしが言いかけたとき、みずほが耳もとで「行ってみようよ」とささやいた。

「ダメだよ、そんなこと」

わたしは言った。

「いいからいいから。ちょっと入ってみようよ。こういうの、意外にバレないもんだって」

そう言って、みずほはわたしを引っ張った。

喪服《もふく》の大人たちにつづいて、家の中に入って行く。わたしたちは制服だったから、違和感がなかった。ほかにも二、三人、制服姿の子がいたから。

「昔、うちのおじいちゃんの死んだ顔、見たことある。蠟《ろう》人形みたいだったよ」

とみずほが小声で言った。

だけど、奥の祭壇《さいだん》にあった写真は老人のものではなく、わたしたちと同じ歳くらいの女の子だった。長い髪を左の耳の後ろで結んで微笑んでいる、とてもきれいな女の子の写真だった。

わたしは小さいときに親戚のお葬式《そうしき》に行ったことがあるけれど、ほとんど記憶がない。だから、なにをどうしていいのかわからなかったのだけど、大人たちにつづいて神妙《しんみょう》な顔をし、ひたすら真似をした。後で怒ってやろうと、みずほのほうを見ると、察《さっ》したのか、みずほは「ごめん」という顔をしてみせた。

お焼香《しょうこう》を終え、急いでこの場から立ち去ろうとしたときに、黒い着物のおばさんが声をかけてきた。たくさん泣いたせいなのだろう、目の周りが赤く腫《は》れている。

「ゆいのお友達ですか？」

おばさんは言った。

「あの、えっと、はい」

みずほが困った顔で答えた。

「ありがとうね、来てくれてありがとうね、ありがとうね、ありがとうね」

おばさんは、何度も何度も頭を下げて、ハンカチで涙を拭《ふ》いた。

「ゆいちゃん、学校、あんまり行けなかったでしょう、だから、お友達が来てくれてきっと喜んでるわ。ね、顔、見てやってくれる？」

おばさんは言った。

「いえ、あの」

わたしたちが戸惑《とまど》っていると、

「とってもきれいなの、お願い見てやって、怖くないから。十四歳のゆいを忘れないであげて欲しいの」

おばさんは、そう言って、棺《ひつぎ》の前にわたしたちを連れて行った。

わたしは、こわごわと棺の中をのぞいた。

本当にとてもきれいだった。同じ歳なのに、わたしより少し若く見えた。生きている人が、楽しい夢を見ながら静かに眠っているようだった。

わたしとみずほが帰るときには、さっきのおばさんは、奥のほうで誰かと話していた。話しているというより、泣いている背中をさすってもらっていた。さっきの女の子のお母さんに違いなかった。「あの子の運命だったのよ」。おばさんの背中をさすっている人が言った声が聞こえた。

わたしたちは、その家を後にして駅のほうに引き返した。みずほを怒る気にもなれず、みずほも、なにもしゃべらなかった。無言で駅前まで行くと、みずほは「アンナ、ごめん」と言い、「うん」とわたしは言った。みずほが落ち込んでいたから、なにか言葉をかけなければと思い、「きれいな子だったね」と言って別れた。

雨はあがっていた。後になって傘を忘れてきたことに気づいたけれど、ふたりとも取りに行くことはなかった。


三学期も、変わらず毎日学校に行き、部活のバスケットも休まず、みずほともよく遊んだ。バレンタインデーにチョコレートを渡すと決意したみずほのチョコレート選びにもつきあった。

だけど、わたしは疲れていた。学校にいても、からだが重たかった。授業中は眠たくてたまらないのに、夜になると眠りが浅く、夜中に何度も目が覚める。

毎晩、ながいながい夢を見るのだ。

それは、現実の世界のように、くっきりとした夢だった。夢に出てくるのは、知っている人だったり、知らない人だったりするのだけれど、細部にまで鮮《あざ》やかな色がついていて、追い掛《か》けてくるとてつもなく大きな犬の茶色い毛並みや、わたしの手をひっぱってどこかに連れて行こうとするおじいさんの手の甲《こう》のシミまでが見えた。そして、目覚めた後でも、それらの息づかいや、体温までがしばらくまとわりついて離《はな》れなかった。

お葬式に行く夢を何度も見た。棺の中をのぞくと、からっぽだった。「ゆいは、学校に行ったんですよ」と、お通夜で会った、あのおばさんは笑って言った。笑った顔なんか一度も見たことがないはずなのに、夢の中のわたしはおばさんの笑顔を知っていた。

わたしは眠るのが怖かった。でも、それは、ゆいちゃんが怖いわけじゃないのだと思う。怖いのは、自分もいつか死んでしまうということだ。それが、今夜ではない証明書を自分が持っていないことに、わたしはふるえていた。

誰も代わってくれないのだ。

お母さんも、お父さんも。わたしの死を、誰も代わってくれない。ゆいちゃんのお母さんも、ゆいちゃんの死を代わってあげられなかった。代われるのなら、あの人は代わってあげたんじゃないのかと思った。

死んだらどうなるのかわからなかった。

わたしは、自分の心がこの世界からすっかりなくなってしまうのを想像してみた。そして、考えれば考えるほど、どんどん深く心の奥に沈み込んで、ブラックホールの中にゆっくりと落ちていく気がした。そして、ついには帰って来られなくなるように思えて、考えることを途中で強引にやめるのだった。

わたしはいろんなものが、食べられなくなっていた。

最初に食べられなくなったのは魚だった。お皿にのった魚の姿は死を連想させた。それから、卵と、すべての肉が食べられなくなった。口に入れようとすると、のどがつかえて、気分が悪くなるのだ。

「どうして？　前は大好きだったじゃないの」

ハンバーグを食べたくないと言うと、お母さんはポカンとした顔をしていた。

「前は好きでも、今は嫌いなの。いいから、わたし、野菜だけでいいんだから」

毎日、こんなことでお母さんとケンカになっている。お弁当は、野菜のサンドイッチにしてもらった。野菜や果物やお菓子は、問題なく食べられるのだ。

寝不足のせいでグタっとしているわたしを見て、お母さんは「どこか具合《ぐあい》が悪いの？」と聞くのだけれど、答えられるわけがなかった。人のお通夜にふざけてまぎれ込んだことなど絶対に言えなかった。悲しんでいる人を前にして、わたしたちは嘘《うそ》をついてきたのだ。

だけど、学校や塾では、いつもどおりのわたしだった。いつもどおりでいることが、わたしたちの最大の防衛《ぼうえい》になるのだから。昼間にゆいちゃんのことを考えそうになったときは、てのひらを痛くなるまでぎゅっと結んで気を紛《まぎ》らわせた。

家でのわたしは、機嫌《きげん》が悪かった。

リビングでテレビを観ていても、お笑い番組で笑っている自分のことが急に嫌になった。面白いところでプイッと席を外すわたしを見て、お母さんは何か言いたそうにしていた。わたしは、不機嫌でいる自分のことが好きじゃないのだけれど、だけど、不機嫌でいることを、お父さんやお母さんには、どこかで気づいていて欲しいのだった。なのに、あれこれと気をつかわれるのもまた、くさくさした。わたしは自分をもてあましていた。そのことを「難しい年ごろ」で簡単にくくられたくはなかった。

そうじゃないのだ。

十四歳だからじゃない。大人はわかっていない。わたしは、自分が思春期だから、こんなふうに反抗的になっているんじゃないことをわかってもらいたかった。死ぬことが怖い気持ちに、年齢なんて関係あるのだろうか。

あの日、ゆいちゃんは、眠るように横たわっていた。どうして生き返らせることができないのだろう？　宇宙エレベーターを作ろうとしている人間に、できないことがあるのだろうか。

ゆいちゃんは、もっと生きたかったに違いない。そう思うと、ゆいちゃんのために悔《くや》しくなった。そして、ゆいちゃんが死んでしまう瞬間《しゅんかん》を自分に置き換《か》えて想像してみては、わたしは自分がかわいそうになって、自分のためにちょっと泣いた。

みずほには言えなかった。お通夜に行ってからいろんなことを考えるようになったなどと告白したら、きっと、自分のせいだと思うに決まっている。みずほもまた、あの日のことは一切、話題にはしなかった。

それでも、春休みになると、わたしは少しずつ、ゆいちゃんを思い出さなくなっていった。そのことにはいくらか罪悪感があったのだけれど、バスケットの練習や、みずほと食べるドーナツの甘さや、団地の同窓会で再会した吉沢君からときどき届くメールや、いろんな出来事が、わたしからゆいちゃんを遠ざけた。

わたしが、そうすぐに死んでしまうはずがない。そんなふうにさえ感じた。

だけど、あいかわらず野菜しか食べられないままだった。みずほには、お肉が食べられなくなったのは花粉のせいで、毎年こうなのだと言ったら納得してくれていた。

終業式の日、わたしとみずほは、お母さんには内緒で電車を乗り継《つ》ぎ、渋谷まで遊びに行った。

新学期になれば、きっとわたしたちは違うクラスになってしまう。一年かけて縮《ちぢ》めたみずほとの距離《きょり》は、少しずつ遠ざかるのだ。そして、それぞれの新しい友達と、新しい銀河を作っていく。あの、小さな教室の中で。そういうことを、もう、なんとなくわかっている。だから、三月の終業式は、わたしとみずほの卒業式でもあるのだ。わたしたちは渋谷で洋服を見て、お揃《そろ》いの靴下《くつした》を買った。それから、クレープを食べて、たくさんおしゃべりをして家に帰った。

鹿児島の親戚《しんせき》のところに、わたしとお兄ちゃんがふたりだけで行くことになったのは、とても急な話だった。春休みに入ってすぐのことだ。

いとこのお兄さんの結婚式があって、お父さんとお母さんが出席することになっていたのだけれど、その二日前に、お父さんがぎっくり腰《ごし》になってしまったのだ。もう飛行機のチケットもとったことだし、一樹とアンナが出席すればいいと伯父《おじ》さんが言い、急きょ、そういう話になった。

お兄ちゃんとふたりで、遠くへ出かけるのは初めてだった。わたしは鹿児島に行くのも初めてなのだ。親戚といっても、お父さんはもともと広島の生まれで、仕事の都合で鹿児島に行った伯父さんとは、小さいころに会ったきりである。

空港までは、お母さんが車で送ってくれた。

「一樹、ちゃんとアンのことお願いよ。星ばっかりに気をとられてちゃダメなんだからね、しっかり前見て歩いてね」

大学生の息子にかける言葉とは思えなかったが、お兄ちゃんは、昔、星を見ながら歩いていて電柱《でんちゅう》に激突《げきとつ》し、鼻を骨折《こっせつ》した男なのである。

飛行機に乗る前に、お兄ちゃんは言った。

「アン、俺、窓側に座っていい？」

わたしもちょっとは窓の外を見てみたかったけれど、お兄ちゃんの「見たい」気持ちは、おそらくわたしの百倍である。もちろん「いいよ」と答えた。

夕方に飛んだ飛行機は、すこしずつ夜の世界に向かっているように思えた。お兄ちゃんは、小さな窓におでこをくっつけて外の景色を見ていた。そして、ときどき小さな声で宇宙の話をしてくれた。

「なぁ、アン。太陽にも寿命があるんだよ」

「えっ、そうなの？」

「太陽は死んでしまう前にブクブク膨《ふく》れて、最終的には、火星の軌道の近くまで膨らむんじゃないかって言われてるんだ。まぁ、そうなる前に、地球は、とっくになくなってしまうかもしれないけどね」

「地球も？」

「そうだよ。膨らんだ太陽に飲み込まれるとも言われているからね。でも、アン。当分は大丈夫さ。太陽の寿命は、まだざっと五十億年もあるんだから」

お兄ちゃんは、わたしのほうを見て笑った。

わたしも、お兄ちゃんにすごい発見を教えてあげた。

たまたま、みずほの家にあった『類語辞典《るいご》』という辞書をめくってみたら、一番最初のページが天文の類語だったこと。

「その分厚《ぶあつ》い『類語辞典』のトップバッターが『宇宙』ってことばだったんだよ、お兄ちゃん」

わたしがそう言うと、お兄ちゃんは、「それは知らなかったよ」と、感心してくれた。宇宙のことでお兄ちゃんを驚《おどろ》かせたのは、初めてのことだと思った。

伯父さんの家には二泊することになっていた。着いた日の夜は黒豚のしゃぶしゃぶを用意してくれていたが、わたしはお肉を見ただけで気分が悪くなり、食べているふりをして、しゃぶしゃぶしたお肉をそーっと膝《ひざ》の上のハンカチに隠《かく》した。そして、ついには、お鍋《なべ》から立ちのぼるお肉のにおいにさえ気持ちが悪くなり、野菜もご飯もほとんどのどを通らなかった。

親戚の家に泊まるのは苦手だ。ガサガサしたシーツも、枕《まくら》の硬《かた》さも、部屋全体に満ちている空気も、すべてが落ち着かなかった。いつもは部屋を暗くしないと眠れないのだけれど、よその家の暗闇《くらやみ》に耐《た》えられず、豆電球を灯《とも》していた。そのオレンジ色の明かりのせいで、ますます目が冴えてきた。

お兄ちゃんが隣《となり》の部屋にいるとわかっていても、広い客間にひとりで眠るのは心細い。そして、障子《しょうじ》に映っている庭の木の影《かげ》が揺《ゆ》れるたびに身震《みぶる》いした。

しばらく見ていなかった怖い夢を見そうで怖かった。きつく目を閉じても、睡魔《すいま》はちっともわたしのもとにやって来てはくれず、携帯《けいたい》の時計を見ると、夜中の二時過ぎだった。

お兄ちゃんがトイレに起きたようだった。しばらくして戻ってきた気配《けはい》がすると、ふすまの向こうから「アン」と、わたしを呼ぶ声がした。

「なに？」

わたしは言った。

「起きてた？　ちょっと開けるよ」

そう言って、お兄ちゃんがふすまを開けた。見慣《みな》れたスウェット姿のお兄ちゃんを見ると、ほっとした。

「アン、ほら」

お兄ちゃんはバナナを差し出した。

「どうしたの、これ」

わたしは布団《ふとん》に寝転んだまま、それを受け取った。

「台所で、かっぱらってきた」

お兄ちゃんは笑った。見ると、自分のぶんも持っている。

「食べよう」

わたしの返事も聞かず、お兄ちゃんは布団から少し離《はな》れたところに座り、壁《かべ》にもたれてバナナの皮をむきはじめた。

つられて、わたしも布団から起き上がって同じように皮をむいた。実をいうとお腹《なか》がペコペコだったから、おいしくてペロリと完食《かんしょく》した。そして、小さく感動していた。宇宙以外のことには鈍感《どんかん》なお兄ちゃんが、気づいていたのだ。夕飯で、わたしがあまり食べていなかったこと。

「おいしかった」

わたしは言って、再び、布団に横になった。

あいかわらず春の風が庭木を揺らしているけれど、お兄ちゃんがそばにいると、何も怖くはなかった。

「ね、お兄ちゃん」

「うん？」

「太陽が死んでしまって、地球もなくなってしまったら、地球に人間がいたって証拠《しょうこ》もなくなってしまうのかな。わたしのこと、宇宙のどこかで、誰かが覚えててくれるのかな」

わたしは、耳に入ってくる自分の声が、とても悲しい音をしていると思った。

「さぁ、どうだろうな」

食べ終えたバナナの皮を見つめながら、お兄ちゃんは言った。その光景を最後に、わたしはいつの間にか眠りについていた。そして、怖い夢を見ることもなく朝が来て、ばたばたと結婚式に出席したのだった。

結婚式の後、お兄ちゃんは「観光したいところがあるから」と、伯父さんの家での宴会《えんかい》を断《ことわ》った。

「アン、出かけるよ」

どこに行くのと聞いても、お兄ちゃんは笑って「秘密《ひみつ》」だと言う。

そして、わたしはお兄ちゃんに連れられて、鹿児島中央駅から電車に乗った。

何分くらい電車に乗っていただろう。わたしは眠っていた。お兄ちゃんの肩は、東京の、うちの家の匂いがした。あの三十五年ローンの我が家の。

「アン、降りるよ」

起こされて降りた駅の空は、静かに暮れかかっていた。

お兄ちゃんは、ジーンズに薄手《うすで》の黒いコートを羽織《はお》っていた。そのコートはとてもシックなデザインで、お兄ちゃんのちょっと悲し気な目もとに、よく似合っていた。

お母さんが言っていた。「最近、お兄ちゃん、自分で服を買って来るようになったのよ」って。

お母さんは、全然、わかっていない。自分で買っているんじゃなくて、彼女に選んでもらっているのだ。絶対に。

わたしたちはタクシーに乗り込み、お兄ちゃんは運転手さんに行き先を告げた。

タクシーは、どんどん山の中に入って行く。すれ違う車もない静かな道だった。

十分ほどで見晴しのいい高台についた。あたりには、誰もいなかった。遠く、ふもとの街の夜景がきらきらして見える。タクシーが帰って行くと、ふたり、ポツンと取り残されたような気分になった。

「アン、あっちだよ」

お兄ちゃんは、花壇《かだん》の奥にある建物のほうへ歩きはじめた。近づくと、建物には「宇宙館」と書かれてあった。

「なに？　プラネタリウム？　こんな夜に開いているの？」

「天文台だよ。さぁ、入ろう」

中に入ると、受付の人が「いらっしゃいませ」と言う。本当だ、もうすぐ七時になろうとしているのに、開いていた。

「学生ふたりです」

お兄ちゃんがお金を払っている姿は、小さいころしていた「ごっこ遊び」を思い出させた。銀行ごっこのおもちゃのコイン。

「天体観測は、エレベーターで二階に上がってくださいね」

受付のおじさんに言われて、わたしたちは奥のエレベーターに乗り込んだ。

「お兄ちゃん、すごいね、こんなとこ知ってたの？」

「一応ね、全国の天文台はチェックしてる。アン、今夜、面白いものが見られるよ、きっと」

二階に上がるとテラスがあり、そこには大きな白い望遠鏡があった。係のおじさんが説明しているのを、お客さんらしき、メガネのおじさんが「ほほう」なんて言いながら聞いていた。それだけしか人がいなかった。

「こんばんは」

お兄ちゃんは、ふたりにペコリと頭を下げた。わたしは何も言わずに、お兄ちゃんの背中ごしに会釈《えしやく》した。

「今、月が見えますよ」

係のおじさんが、わたしのほうを見て言った。

「アン、見せてもらったら？」

お兄ちゃんに言われて大きな望遠鏡をのぞくと、視界《しかい》に月面が飛び込んで来た。

「お兄ちゃん、これ、すごく良く見える！　月のクレーターって、こんなにあるんだね」

「俺の望遠鏡じゃ、小さなクレーターまでは見えないからなぁ」

お兄ちゃんは笑いながら言った。そして、わたしの次に望遠鏡をのぞき、

「今夜は雲もないし、本当によく見えますね」

と係の人に言った。それは、とても、謙虚《けんきよ》な声だった。

「じゃあ、次は土星を見てみましょう」

係のおじさんは、少し離れたところで望遠鏡を操作《そうさ》した。そして、さ、いいですよ、のぞいてくださいと言った。

お客のほうのおじさんが、わたしに「どうぞ、お先に」と言った。やさしそうな人だった。

「アン、ほら」

お兄ちゃんが、わたしの肩を軽く叩《たた》いた。わたしは、二歩ほど前に進み出て、右の目で、そーっと望遠鏡をのぞいた。

「あっ！」

思わず声が出た。

土星にかかっているはずの環《わ》っかが、一本の棒《ぼう》のように見えた。

「あれが土星？　土星の環が、環っかになってない！」

わたしが言うと、みんなが笑った。

真っ暗な空に、ボヤけることなく、くっきりと見えている黄色い土星。だけど、そこにあるのは、教科書に載《の》っているようなリングがついている土星ではなく、まるで、串《くし》に刺《さ》したお団子《だんご》みたいな、愉快《ゆかい》な土星だった。

「なんか、すごく、かわいい!」

わたしが言うと、またみんなが笑った。

「土星の環は、十五年ごとにこんなふうに見えづらくなるんですよ」

係のおじさんは、お兄ちゃんがいつもわたしに話してくれるような、どこか張り切った口調《くちょう》だった。このおじさんも、星が、宇宙が大好きなんだなと思うと、わたしは嬉しかった。だから、土星の環の話はお兄ちゃんに聞いて知っていたけれど、それは言わずにおいた。

望遠鏡をのぞいたお兄ちゃんが言った。

「僕の望遠鏡では土星がここまでよく見えないもので、一度、妹に見せてやりたいと思ってたんです」

お兄ちゃんが、妹に見せてやりたいと思ってた、って言ったとき、わたしの心に、なぜだかわからないのだけれど、切ない気持ちが込み上げてきた。

お客のメガネのおじさんは、腕組《うでぐ》みをしてゆったりかまえているようにしていたけれど、早く見たくてたまらないという顔をしていた。そして、お兄ちゃんの次に望遠鏡をのぞくと、また「ほほう」と言った。

わたしは、この土星のことを誰かに教えてあげたかった。

土星は十五年に一度、こんなふうに、串刺《くしざ》し団子《だんご》になることを、ここにいない人に教えてあげたかった。お父さんやお母さんにも見せてあげたいと思った。

みずほがここにいたらどんなに喜んだだろう？

うちに泊まりに来た夜、お兄ちゃんがみずほに、土星の環が十五年に一度、見えにくくなる話をしたら、興味津々《きょうみしんしん》だったから。

わたしは、ゆいちゃんにも見せてあげたいと思った。棺《ひつぎ》に眠っていたあの子にも、見せてあげたかった。教えてあげたかった。今日の夜空には、こんなに面白いものが見えていることを。十五年ごとに、必ずこんなふうになる土星のことを。そして、また十五年先には、同じように土星のリングが一本の棒に見えるのを、わたしたち人間が知っていることを教えてあげたかった。そんな話をゆいちゃんとしてみたかった。

そして、ふいに思ったのだ。ゆいちゃんが死んでしまったのは運命じゃないんだって。十四歳で死んでしまう運命だったなんて信じたくなかった。そんなことがあらかじめ決められていたって考えるのは悲しかった。それは、運命じゃなく、ゆいちゃんのせいでも、なんのせいでもなかったのだと思いたかった。わたしとゆいちゃんは出会えなかったけれど、十四年間、わたしたちは同じ惑星《わくせい》にいたんだよと伝えたかった。

「ね、お兄ちゃん、この土星、携帯《けいたい》で撮れる？」

「携帯で？　どうかな、試させてもらったら？」

わたしは望遠鏡に携帯のカメラを近づけてシャッターを押した。土星はわたしの携帯に、ちょっとボヤけておさまった。それを見たお兄ちゃんも、真似《まね》して携帯で写真を撮っていた。

携帯の保存ボタンを押すとき、わたしは、自分が今、ここにいることの重さを感じていた。

わたしたちは、それから、シリウスを見て、ベテルギウスを見て、星団を見て、二重星を見た。そして、九時になったので天文台は閉館し、お礼を言って表に出た。お客のメガネのおじさんは、真っ暗な道をスクーターに乗って帰って行った。

春の木々や草花は、やさしい香りを空気にからませていた。山の風は少し冷たかったけれど、わたしはちっとも寒くはなかった。

望遠鏡がなくても、星がよく見えた。

袋からこぼれたコンペイトウみたいに、星は、夜空のあっちこっちに転がっていた。白っぽい星や、赤く見える星。赤い星は、もうすぐ死んでしまう星だって、お兄ちゃんに聞いたことがある。わたしは、今夜、どの星も、ひとつとして尽《つ》きてしまうことがありませんようにと願った。

わたしは言った。

「お兄ちゃん、ここって、もう宇宙って気がする。宇宙は、空の上の上のうーんと上のほうだと思っていたけど、わたしが立っているこの場所も、もう宇宙じゃない？　これっておかしい？　ねぇ、一体、どこからが宇宙なの？」

「アン。宇宙がどこからかっていう定義《ていぎ》はもちろんあるんだけど、でも、この地面の上だって、確かに、宇宙なんだよ」

お兄ちゃんは言った。

わたしたちは、携帯から呼んだタクシーが来るまで、空を見上げて立っていた。静かだった。

天文台の人たちも、今ごろ、帰る準備をしているのだろう。それとも、お客がいなくなってから、みんなでゆっくり星の観察をしているのだろうか。

「ねえ、お兄ちゃん。わたし、さっきね、あの土星のこと、誰かにすごく教えてあげたくなったの」

「うん」

「みずほにも見せてあげたいと思った」

「うん、わかるよ。すごく」

お兄ちゃんは言った。

「アン。俺はやっぱり宇宙の謎《なぞ》を解《と》きたいって思う気持ちがとても大きいわけだけどね、ただ、宇宙の謎って言っても、本当にたくさんあるんだよ。科学者によって、研究のテーマはいろいろ違うんだ。太陽系がどうやってできたかを研究している科学者もいれば、火星の地下に水があるのかどうかを研究している人もいる。宇宙にただよっているチリのことを調べている人だっているし、ほら、さっき見た土星の環《わ》のことを研究している人たちだっているんだ。あの環っかが、どうやってできたのかは、まだ解明されてはいないんだからね。俺は、地球がある天の川銀河についての研究をしたいって思うようになっていてね、そして、もちろんその先にあるのは、宇宙がどうやってできたのかっていう、科学者たちが一番知りたいこととつながっているんだ」

一息に話すと、お兄ちゃんは深呼吸し、今度はわたしのほうを見て言った。

「ただ、アン。こうやって、夜空を見上げていると、思うんだ。俺は宇宙の謎を解明《かいめい》したいって気持ちよりも、実は、今夜見た星の美しさを誰かに伝えたい気持ちのほうが、大きいんじゃないかって。その誰かっていうのは、たくさんの人っていうより、もっともっと、身近にいる人って気がするんだ。たとえば、アンだったりね。だから、アンが、みずほちゃんに土星を見せてあげたいっていう気持ちが、俺には、とてもよくわかる」

静かな、だけど、迷いのない声だった。

「土星は十五年ごとに、串刺しの団子になるし、この空には、今夜死んだ星もあれば、今、生まれたばかりの星もある。それは、俺たちには関係のないことなのかもしれないんだけど、でも、アン、誰かと、今夜の星空の話をして生きていくことって、悪くないと思わないか？」

そうだ。

本当にそうだ。

わたしは小さく「うん」と答えた。そして、お兄ちゃんがわたしのお兄ちゃんで良かったとしみじみ思った。ほかのどのお兄ちゃんよりも、この宇宙オタクのお兄ちゃんが一番いい。

お兄ちゃんの話を聞いていたら、わたしは、なぜだかお腹《なか》が減ってきた。お母さんのハンバーグが無性《むしょう》に恋しかった。

「ねぇ、お兄ちゃん」

「ん？」

「さっき携帯で撮った土星、彼女にメールしてあげるんでしょう？」

わたしは言った。

お兄ちゃんは、とても慌《あわ》てて、「なんで?」と言った。

「あの、髪が長い女の人でしょう?」

「えっ」

「お兄ちゃんの彼女。ほら、前にうちに水星を見に来ていたふたりのうちのひとり。わたし、あの人がお兄ちゃんの彼女になったんじゃないかって思ってるんだけど、違う?」

わたしはお兄ちゃんの顔をのぞき込んだ。

「うーん、違わなくない」

お兄ちゃんは白状した。

「どうして、わかった?」

わたしは、カンだよと答えた。

半分は本当だった。

でも、あとの半分は判断できたのだ。髪の長い女の人のほうが、あの日、わたしに多く笑顔を見せていた。お兄ちゃんの妹であるわたしに気に入られたかったから、きっとそんなふうにしたのだと思った。あの人は、お兄ちゃんのことを、ずっと好きだったんだ。

お兄ちゃんのお尻《しり》のポケットから顔を出している携帯には、新しいストラップがぶら下がっていた。宇宙服を着た小さなその人形も、きっと彼女からのプレゼントなのだろう。

お兄ちゃんは、右手の親指であごをさすりながら言った。

「アン、ときどき思うんだけど……宇宙の謎《なぞ》なんかより、女の人のカンのほうが、俺には謎のような気がする」

お兄ちゃんは、わざと神妙《しんみょう》な声で言った。そして照れくさそうに上を向いた。夜空を仰《あお》ぐお兄ちゃんの横顔は、いつだって慎《つつし》み深《ぶか》かった。

やがて遠くからタクシーの明かりが見えた。わたしたちは両手をあげて合図した。

星は夜空に輝いている。わたしの手のひらに触れている空気は、遥《はる》か遠くまでつづく宇宙そのものだった。わたしは何度もその場で飛び跳《は》ねた。ここです、ここにいますから、見つけてくださいって。

参考文献

『眠れなくなる宇宙のはなし』佐藤勝彦　宝島社
『星のきほん』駒井仁南子　誠文堂新光社
『宇宙授業』中川人司　サンクチュアリ出版
『完全ガイド　皆既日食』武部俊一　朝日新聞出版
『珍問難問　宇宙100の謎』福井康雄／監修　東京新聞出版局
『地球がもし100cmの球だったら』永井智哉／文　木野鳥乎／絵　世界文化社
『Newton ムック　宇宙の不思議なはじまり　そして地球と生命』ニュートンプレス
『Newton 別冊　よくわかる天の川銀河系』ニュートンプレス
『太陽系ビジュアルブック』渡部潤一／監修　アストロアーツ
『星界の報告　他一篇』ガリレオ・ガリレイ／著　山田慶児、谷　泰／訳　岩波文庫
『ガリレオの生涯』シテクリ／著　松野　武／訳　東京図書
『ガリレオの生涯2』S・ドレイク／著　田中一郎／訳　共立出版
『世界大思想全集』河出書房新社

『世界の火山百科図鑑』マウロ・ロッシ他／著　日本火山の会／訳　柊風舎
『コンタクト』カール・セーガン／著　池 央耿、高見 浩／訳　新潮文庫
『赤毛のアン』モンゴメリ／著　村岡花子／訳　新潮文庫

監修

安藤和真（元 薩摩川内市せんだい宇宙館学芸員）

本書は二〇〇九年十一月、メディアファクトリーより
刊行された単行本を文庫化したものです。

アンナの土星《どせい》

益田《ますだ》ミリ

令和3年 2月25日　初版発行
令和6年 11月25日　3版発行

発行者●山下直久

発行●株式会社KADOKAWA
〒102-8177　東京都千代田区富士見2-13-3
電話　0570-002-301（ナビダイヤル）

角川文庫 22538

印刷所●株式会社KADOKAWA
製本所●株式会社KADOKAWA

表紙画●和田三造

◎本書の無断複製（コピー、スキャン、デジタル化等）並びに無断複製物の譲渡および配信は、著作権法上での例外を除き禁じられています。また、本書を代行業者等の第三者に依頼して複製する行為は、たとえ個人や家庭内での利用であっても一切認められておりません。
◎定価はカバーに表示してあります。

●お問い合わせ
https://www.kadokawa.co.jp/（「お問い合わせ」へお進みください）
※内容によっては、お答えできない場合があります。
※サポートは日本国内のみとさせていただきます。
※Japanese text only

©Miri Masuda 2009, 2021　Printed in Japan
ISBN 978-4-04-110860-4　C0193

◆◇◇

角川文庫発刊に際して

角川源義

第二次世界大戦の敗北は、軍事力の敗北であった以上に、私たちの若い文化力の敗退であった。私たちの文化が戦争に対して如何に無力であり、単なるあだ花に過ぎなかったかを、私たちは身を以て体験し痛感した。西洋近代文化の摂取にとって、明治以後八十年の歳月は決して短かすぎたとは言えない。にもかかわらず、近代文化の伝統を確立し、自由な批判と柔軟な良識に富む文化層として自らを形成することに私たちは失敗して来た。そしてこれは、各層への文化の普及滲透を任務とする出版人の責任でもあった。

一九四五年以来、私たちは再び振出しに戻り、第一歩から踏み出すことを余儀なくされた。これは大きな不幸ではあるが、反面、これまでの混沌・未熟・歪曲の中にあった我が国の文化に秩序と確たる基礎を齎らすためには絶好の機会でもある。角川書店は、このような祖国の文化的危機にあたり、微力をも顧みず再建の礎石たるべき抱負と決意とをもって出発したが、ここに創立以来の念願を果すべく角川文庫を発刊する。これまで刊行されたあらゆる全集叢書文庫類の長所と短所とを検討し、古今東西の不朽の典籍を、良心的編集のもとに、廉価に、そして書架にふさわしい美本として、多くのひとびとに提供しようとする。しかし私たちは徒らに百科全書的な知識のジレッタントを作ることを目的とせず、あくまで祖国の文化に秩序と再建への道を示し、この文庫を角川書店の栄ある事業として、今後永久に継続発展せしめ、学芸と教養との殿堂として大成せんことを期したい。多くの読書子の愛情ある忠言と支持とによって、この希望と抱負とを完遂せしめられんことを願う。

一九四九年五月三日

角川文庫ベストセラー

わたし恋をしている。　益田ミリ

川柳とイラスト、ショートストーリーで描く、さまざまな恋のワンシーン。まっすぐな片思い、別れの夜の切なさ、ちょっとずるいカケヒキ、後戻りのできない恋……あなたの心にしみこむ言葉がきっとある。

マタタビ潔子の猫魂　朱野帰子

地味な派遣OL・潔子は、困った先輩や上司に悩まされる日々。実は彼らには、謎の憑き物が！『わたし、定時で帰ります。』著者のデビュー作にしてダ・ヴィンチ文学賞大賞受賞の痛快エンターテインメント。

ロマンスドール　タナダユキ

美人で気立てのいい園子に一目惚れして結婚した僕が、彼女に隠し続けている仕事、それはラブドール職人。僕は仕事に追われ、二人は次第にセックスレスに。夫婦の危機を迎えたとき、園子がある秘密を打ち明ける。

短歌ください　穂村弘

本の情報誌「ダ・ヴィンチ」の投稿企画「短歌ください」に寄せられた短歌から、人気歌人・穂村弘が傑作を選出。鮮やかな講評が短歌それぞれの魅力を一層際立たせる。言葉の不思議に触れる実践的短歌入門書。

もしもし、運命の人ですか。　穂村弘

間違いない。とうとう出会うことができた。運命の人だ。気鋭の歌人が、繊細かつユーモラスな筆致で書く恋愛エッセイ集。今度はこうしよう……延々とシミュレートし続けた果てに、〈私の天使〉は現れるのか？

角川文庫ベストセラー

本をめぐる物語 栞は夢をみる
大島真寿美、柴崎友香、福田和代、中山七里、雀野日名子、雪舟えま、田口ランディ、北村 薫
編/ダ・ヴィンチ編集部

本がつれてくる、すこし不思議な世界全8編。水曜日にしかたどり着けない本屋、沖縄の古書店で見つけた自分と同姓同名の記述……。本の情報誌『ダ・ヴィンチ』が贈る「本の物語」。新作小説アンソロジー。

本をめぐる物語 小説よ、永遠に
神永 学、加藤千恵、島本理生、椰月美智子、海猫沢めろん、佐藤友哉、千早 茜、藤谷 治
編/ダ・ヴィンチ編集部

人気シリーズ「心霊探偵八雲」の中学時代のエピソード「真夜中の図書館」、物語が禁止された国に生まれた子どもたちの冒険「青と赤の物語」など小説が愛おしくなる8編を収録。旬の作家による本のアンソロジー。

きみが見つける物語 十代のための新名作 スクール編
編/角川文庫編集部

小説には、毎日を輝かせる鍵がある。読者と選んだ好評アンソロジーシリーズ。スクール編には、あさのあつこ、恩田陸、加納朋子、北村薫、豊島ミホ、はやみねかおる、村上春樹の短編を収録。

きみが見つける物語 十代のための新名作 放課後編
編/角川文庫編集部

学校から一歩足を踏み出せば、そこには日常のささやかな謎や冒険が待ち受けている——。読者と選んだ好評アンソロジーシリーズ。放課後編には、浅田次郎、石田衣良、橋本紡、星新一、宮部みゆきの短編を収録。

きみが見つける物語 十代のための新名作 休日編
編/角川文庫編集部

とびっきりの解放感で校門を飛び出す。この瞬間は嫌なこともすべて忘れて……読者と選んだ好評アンソロジーシリーズ。休日編には角田光代、恒川光太郎、万城目学、森絵都、米澤穂信の傑作短編を収録。

角川文庫ベストセラー

きみが見つける物語 十代のための新名作 友情編
編／角川文庫編集部

ちょっとしたきっかけで近づいたり、大嫌いになったり。友達、親友、ライバル――。読者と選んだ好評アンソロジー。友情編には、坂木司、佐藤多佳子、重松清、朱川湊人、よしもとばななの傑作短編を収録。

落下する夕方
江國香織

別れた恋人の新しい恋人が、突然乗り込んできて、同居をはじめた。梨果にとって、いとおしいのは健悟なのに、彼は新しい恋人に会いにやってくる。新世代のスピリッツと空気感溢れる、リリカル・ストーリー。

泣かない子供
江國香織

子供から少女へ、少女から女へ……時を飛び越えて浮かんでは留まる遠近の記憶、あやふやに揺れる季節の中でも変わらぬ周囲へのまなざし。こだわりの時間を柔らかに、せつなく描いたエッセイ集。

泣く大人
江國香織

夫、愛犬、男友達、旅、本にまつわる思い……刻一刻と姿を変える、さざなみのような日々の生活の積み重ねを、簡潔な洗練を重ねた文章で綴る。大人がほっとできるような、上質のエッセイ集。

はだかんぼうたち
江國香織

9歳年下の鯖崎と付き合う桃。母の和枝を急に亡くした、桃の親友の響子。桃がいながらも響子に接近する鯖崎……〝誰かを求める〟思いにあまりに素直な男女たち＝〝はだかんぼうたち〟のたどり着く地とは――。

角川文庫ベストセラー

愛がなんだ　角田光代

OLのテルコはマモちゃんにベタ惚れだ。彼から電話があれば仕事中に長電話、デートとなれば即退社。全てがマモちゃん最優先で会社もクビ寸前。濃密な筆致で綴られる、全力疾走片思い小説。

薄闇シルエット　角田光代

「結婚してやる」と恋人に得意げに言われ、ハナは反発する。結婚を「幸せ」と信じにくいが、自分なりの何かも見つからず、もう37歳。そんな自分に苛立ち、戸惑うが……ひたむきに生きる女性の心情を描く。

幾千の夜、昨日の月　角田光代

初めて足を踏み入れた異国の日暮れ、終電後恋人にひと目逢おうと飛ばすタクシー、消灯後の母の病室……夜は私に思い出させる。自分が何も持っていなくて、ひとりぼっちであることを。追憶の名随筆。

ミュージック・ブレス・ユー!!　津村記久子

「音楽について考えることは将来について考えることよりずっと大事」な高校3年生のアザミ。進路は何一つ決まらない「ぐだぐだ」の日常を支えるのはパンクロックだった！　野間文芸新人賞受賞の話題作！

これからお祈りにいきます　津村記久子

人がたのはりぼてに神様に取られたくない物をめいめいが工作して入れるという、奇祭の風習がある町に生まれ育ったシゲル。祭嫌いの彼が、誰かのために祈る——。不器用な私たちのまっすぐな祈りの物語。

角川文庫ベストセラー

三人暮らし　群　ようこ

しあわせな暮らしを求めて、同居することになった女3人。一人暮らしは寂しい、家族がいると厄介。そんな女たちが一軒家を借り、暮らし始めた。さまざまな事情を抱えた女たちが築く、3人の日常を綴る。

しっぽちゃん　群　ようこ

拾った猫を飼い始め、会社や同僚に対する感情に変化が訪れた33歳OL。実家で、雑種を飼い始めた出戻り女性。爬虫類や虫が大好きな息子をもつ母。――しっぽを持つ生き物との日常を描いた短編小説集。

作家ソノミの甘くない生活　群　ようこ

元気すぎる母にふりまわされながら、一人暮らしを続ける作家のソノミ。だが自分もいつまで家賃が払えるか心配になったり、おなじ本を3冊も買ってしまったり。老いの実感を、爽やかに綴った物語。

うちのご近所さん　群　ようこ

「もう絶対にいやだ、家を出よう」。そう思いつつ実家に居着いたマサミ。事情通のヤマカワさん、嫌われ者のギンジロウ、白塗りのセンダさん。風変わりなご近所さんの30年をユーモラスに描く連作短篇集！

まあまあの日々　群　ようこ

もの忘れ、見間違い、体調不良……加齢はそこまでやってきているし、ちょっとした不満もあるけれど、なんとか「まあまあ」で暮らしていければいいじゃない。少し毒舌で、やっぱり爽快！な群流エッセイ集。

角川文庫ベストセラー

アーモンド入りチョコレートのワルツ　森　絵都

十三・十四・十五歳。きらめく季節は静かに訪れ、ふいに終わる。シューマン、バッハ、サティ、三つのピアノ曲のやさしい調べにのせて、多感な少年少女の二度と戻らない「あのころ」を描く珠玉の短編集。

つきのふね　森　絵都

親友との喧嘩や不良グループとの確執。中学二年のさくらの毎日は憂鬱。ある日人類を救う宇宙船を開発中の不思議な男性、智さんと出会い事件に巻き込まれる。揺れる少女の想いを描く、直球青春ストーリー！

DIVE《ダイブ》!!（上）（下）　森　絵都

高さ10メートルから時速60キロで飛び込み、技の正確さと美しさを競うダイビング。赤字経営のクラブ存続の条件はなんとオリンピック出場だった。少年たちの長く熱い夏が始まる。小学館児童出版文化賞受賞作。

クラスメイツ〈前期〉〈後期〉　森　絵都

部活で自分を変えたい千鶴、ツッコミキャラを目指す蒼太、親友と恋敵になるかもしれないと焦る里緒……中学1年生の1年間を、クラスメイツ24人の視点でリレーのようにつなぐ連作短編集。

リズム／ゴールド・フィッシュ　森　絵都

中学1年生のさゆきは、いとこの真ちゃんが大好きだ。高校へ行かずに金髪頭でロックバンドの活動に打ち込む真ちゃんとずっと一緒にいたいのに、真ちゃんの両親の離婚話を耳にしてしまい……。